U0726086

孤独之光

吾 平◎著

長江出版傳媒 | 长江文艺出版社

心是干净的，

所以世界是干净的。

——吾平

惠 州 光 年 文 化 发 展 有 限 公 司

出　品

有温度的诗意

——序吾平诗集《孤独之光》

文 / 程增寿

两年前，我和游天杰等在策划出版诗歌合集《喧嚣之敌》时，就知道了“吾平”这个名字。那时候只知道他的职业是律师，加之简介中的那张标准职业寸照，于是我脑海中对他的印象就停留在一种严肃板正的色调上，而那时候他所拿出来的作品，也大多只是给我质朴无华的印象。

后来他要出版个人诗集，交予“壹道四方”设计，在这个过程中，我读到了他更多的作品，读到了他的出身、为人处世、情感点滴，似乎就是从那时候开始，吾平给我的印象发生了比较大的变化，从严肃板正变成了亲切和蔼，一种邻家大哥的感觉。

过了不久，游天杰的诗集《小镇上》在惠州举行研讨会，我终于见到了他本尊：与一开始给我的律师职业形象相去甚远，与后来那种邻家大

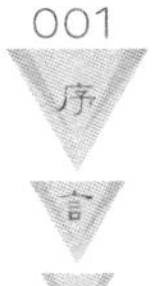

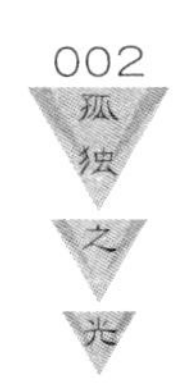

哥的感觉也不尽相同。提前到达惠州的我们应天杰之邀，一起来到他胡的惠东老家。在旧屋泥阶、老树野花的环衬中，我们相遇于一张质朴的木桌前。和我第一次见面的吾平，留着胡楂，拖着凉鞋，抽着“芙蓉王”，让我顿时忘了他是一位执业律师。理所当然，那一次，我们天上地下胡聊海侃，临去意犹未尽。

经过两天的多次面谈以及过后的各种交流，一个真实的吾平基本在我心中落定，给我印象比较深刻的，首先是他的朴素。原本我以为，作为一个成立了20多年的律师事务所的负责人，应该是白净无须、西装革履、不抽烟、说话一板一眼的。但那一次眼前的胡楂、凉鞋和缭绕的烟雾告诉我：吾平并没有把工作时的架势带进生活。这与他写诗和所写的诗有了一定的呼应关系。作为律师，与法律法规打交道，属于理性范畴，而作为诗人，则更多据灵感而发，是比较感性的；法律文书讲究的是逻辑性和不置可否性，而诗歌则更多地追求不确定性和多义性。所以，吾平在这两者之间做出了一种平衡，这种平衡不是冲和，而是分开加以调节，就像他上班时必须西装革履，而出门访友则可以胡楂凉鞋一样。同时，他业余写诗，用诗歌来滋润心灵，更是一种值得嘉许的选择。毕竟，在这个浮躁的社会，尤其是像吾平这样长期处于社会舆论漩涡中的律师，有了诗歌，心灵是可以得到某种程度上的平衡的。在诗歌里，他可以不必再战战兢兢地去应付丝丝缕缕。而实际上，吾平写诗的态度也是比较明确的：率性随意。有时候，他可以整首诗都用排比句来表达哲理；有时候，他却用长长短短的句子来抒发情感，而且写到哪算哪，不去讲求更多的章法和技巧。这种朴素，是一种写作态度，也是一种生活态度。

吾平也是一个心细之人。虽身为执业律师，但在生活中，他是非常善感多情的。在他的诗中，有比较多的内容提及父亲、母亲、二爸等至爱亲人，也提到了像游天杰、吴子璇等好友，还写到了一位在公车上帮助过他的成都姑娘，甚至，他还特别钟爱一只猫，他的第一本个人诗集就取名“猫先生”，后来又写了一系列“猫”诗，并作为一个独立专辑，收录在即将出版的第二本个人诗集《孤独之光》中。可以说，他的诗是包罗万象的。因为心细，所以善感；因为善感，所以多情。在生活中，在诗写里，吾平与其执业律师的身份截然不同，如此，他为自己打开了另一扇窗，窥见人世更深处的风景，这是一种幸福。

然而，与此同时，吾平又在诗写中充分发挥出执业律师的特有优势，这使他的诗歌有了与众不同的特质。就诗歌的思想性而言，他就占据了一方高地。作为执业律师，

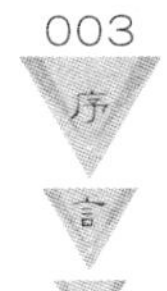

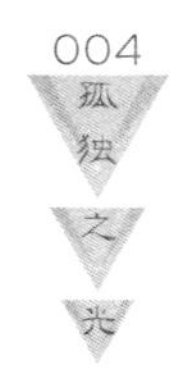

而且是有着丰富经验的执业律师，对人性的观察和思考肯定比普通人要真实、深刻得多。所以，在他的诗歌中，我们经常读到他对人性的阐述，其中更多的是对丑恶的鞭挞和对真善美的呼吁。在他的“一行随想录”里，有这样的句子：“**心是干净的，所以世界是干净的。**”这是一种彻悟，如禅，如道，实际上，这是一位执业律师经历无数尘世污泥之后在潜意识的池塘里长出的一朵绝世莲花。在他的诗歌中，多次写到了人生的价值：一个人到底追求得到什么才算满足？人之所以会犯罪，很多时候是因为抑制不住欲望的怂恿，所以，作为执业律师，他在诗中也留下了许多类似这样的句子：“**毕竟，淡雅是干净的/云水禅心胜过一切物欲**”（《雅乐》），“**纵然置身于某个角落/手捧诗书，抵过所有的繁花**”（《净土》）。一般而言，富有哲理性的诗句，需要作者经过深切的体验和反复的思索才可以得到，而这样的诗句从一位执业律师的笔端流出，显得更具典型意义。与此同时，也许是心中有太多的经验以及这些经验所自然引出的哲理思考，吾平在诗写时往往忍不住发表自己的深刻见解，但于诗歌而言，很多时候，直白地发表见解是会冲淡诗意的，在这方面，吾平是有过挣扎的。

此外，在素材方面，吾平也具有得天独厚的优势。他即将出版的第二本诗集名为“孤独之光”，其中的部分新作在一定程度上可以说是他的一次突破。他发挥执业律师的优势，将诉讼中的许多素材进行选择并加以处理，从而让读者获得全新的阅读体验，为诗坛贡献出新的材质和向度。在这本诗集中，有一个同名专辑，就是用这方面的素材写成的系列作品。在其中，有多首作品采用第一人称的角度进行还原式地回放，如《诉衷肠》，通过离婚案中一个女人的自述，狠狠地撕碎了不负责任的男人的丑恶嘴脸，比起第三人称的转述，更具力度。穿梭于人间各种“冤假错”的真实场景，吾平作为执业律师，在这方面有着无穷的素材，如果剪裁得当，表达到位，我相信他是可以闯出一条特色诗写之路的。

从一开始“写着玩”，到逐渐明确写作方向，是很多写作者的必经之路，吾平也如是。然而，吾平也说：“我这些文字尽量做到真实（包括情感），让现实生活中的与我一样的普通人可以看懂。”所以，吾平还是继续在朴素真实的“小径”上，虽是“小径”，但也可以在幽深处窥见别人发现不了的风景，如他的“律师笔记系列”，如果他能坚持下去，假以时日，也许会成为诗坛一道独特的风景线。

普通人如我，认为律师与诗人的角色一开始总是截然

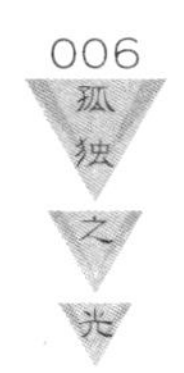

不同的，但吾平用自己的生活姿态和写作实践告诉我们：这两者是可以相得益彰的。正如吾平自己说的：“也许，我写的律师系列，还不那么诗意和浪漫，但是，我还是会坚持与尝试走这条路，写出心灵的感受，为中国特色的法治建设，增添一份温暖，一份诗意。”当很多人还在枯燥的职业生涯中怨天尤人的时候，吾平选择了用诗歌进行平衡，并且他的方向越写越明确，这不仅仅是一种写作上的意外收获，更是一个人生意义的增值过程。

纵观吾平的日常与诗歌，我们总可以感触到他要的“温暖”。而实际上，温暖不一定需要火把或阳光。有时候，一种让人亲近的朴素，一份让人共鸣的情愫，一句让人回味的妙语，都足以让我们在周遭的冷漠中感受到温度。所以，吾平的坚持不是没有道理的，他要让“普通人可以看懂”，所以他坚持自己有温度的诗意。

吾平在这本诗集的后记中说：“是的，人们无论从事什么职业，只要心中有诗意，就会少犯错误，少走弯路。”对此，我颇有同感。希望有更多的人在生活中多一点诗意，让诗意带来温暖，让我们在有温度的诗意中得以滋养，得以安详。

2019年4月29日 于汕头

目录
contents

第1辑 母亲的来信

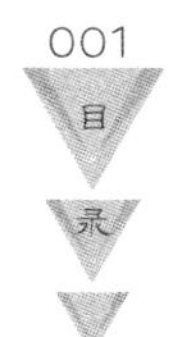

第2辑 我把最好的留给你

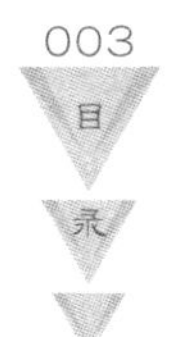
目
录

第3辑

因为星星在等诗

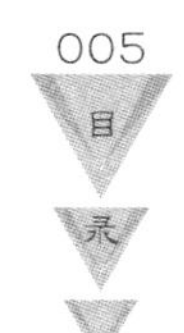
目
录

第4辑 对话猫先生

目
录

第5辑 律师笔记系列

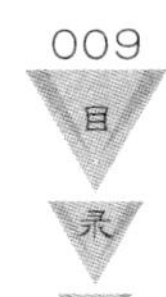
目
录

第1辑

母亲的来信

纵然置身于某个角落

手捧诗书，抵过所有的繁华

闲话一二

清晨
泡杯五指山茶
坐在阳台
读一两首小诗

午间
来到一棵树下
打个小盹
感受午后时光

晚上
收拾干净饭桌
独坐一角
读书或者冥想

做一个俗人
除了自家的门槛
再无什么门道
去高攀

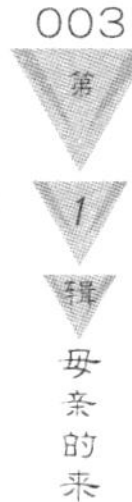

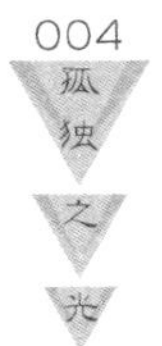

把心安顿好

把早晨和夜晚留给自己

像身边的三只猫儿一样

从不讨厌这个俗世人间

三　月

诗歌是我的精神家园，我愿是一个不长大的孩童，如纯粹的三月花。

——题记

明天
就要见到你了
我心依然，充满期待

明天
又要见到你了
我情我愿，欢喜无比

一月，被元旦的钟声吵醒
二月，被团圆的节日刷屏
唯有你，不喧闹，不争宠

在春光明媚的花园
纯粹的三月
花一朵

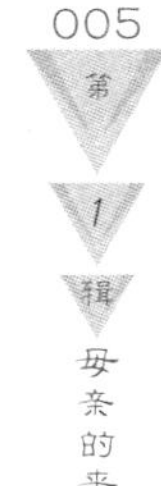

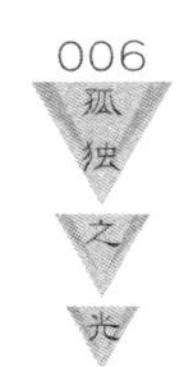

南海小镇印象

小镇的美，在微小处
不同于在喧嚣中去寻找
也无须刻意去发现，感受即温暖

小镇的美，一种熟悉的场景
人与人的关系，抬头不见低头见
也许，过的是人情世故的生活

小镇的美，美在故事
有三代以上的老街坊
有从乡下迁来的新居民
还有外来务工的手艺人

小镇的美，有闲情雅致
早茶或者下午茶去同一家店
花上两元五元买张幸运小彩
日子过得很慢，心情不沉重
就像小镇天空，干净而明亮

家国之美，在小镇

小镇的美，温暖如一家人

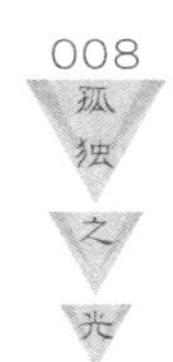

想起母亲的来信

十六岁那年
我告别母亲
离开老家漆树湾
那时，祖屋刚刚翻新
母亲也很年轻，未满四十

二十几岁前
我常收到母亲的来信
说说家里的弟妹
叮咛出门在外需要注意的事情

三十多年了
老家的房子已朽，挂上
“长期无人居住”的牌子
母亲已经撒手人寰，离我而去

唯有抽屉里，那一封封
母亲的来信，让我想起
母亲边缝衣做饭、边唱歌的声音
年轻时扎起马尾的情景

想母亲，就翻开母亲的来信
那么美好，又那么感伤

一切物质的东西，终会朽化
唯有文字，留下不朽的真情

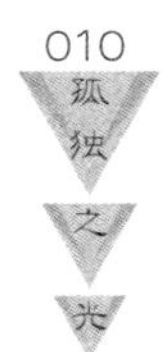

诗意无价

二十年前
我买的诗书还在读
十多年前
我买的车已经报废
五年之前
我买的房还要还贷二十年

唯有手捧千年的《诗经》
最合吾意

三月断章

1

水，加入什么
便有什么味道
生活懂得什么
便会有所收获

2

其实光辉的人生
不在于拥有更多
悠闲的生活，并
不需要更多财富

太阳发光，从不张扬
万物孤独，清贫乐道

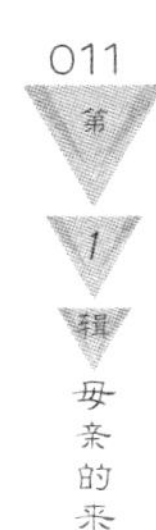

3

生活之美，在贫穷的日子里
在艰难的岁月里，从简生活

春色撩人，我独坐一本书中
感受这诗意万物，秘而不宣

我的爱

我的爱
就像农民种地
春耕备耕，春播
除草，施肥浇水
风吹雨打的日子
日复一日地忙碌
无论四季如何变化
即便历经严寒酷暑
也盼着下一个
春天的脚步

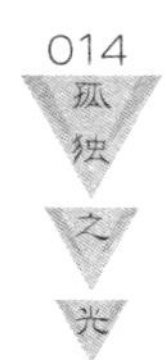

听奶奶讲故事

奶奶告诉我，爷爷走得早
村里有个算命老先生说过
这孤儿寡母几个，走着瞧吧
今后不会有好日子过

后来，奶奶开始卖田土，换生活
战乱的东西不值钱
祖上的田土也卖得差不多了
后来，我爸和幺爸
参加人民解放军，四兄妹都成了家
过上了好日子

奶奶告诉我，莫要听信算命先生
人活着难免遭罪
钱财多与少，苦和累
都不要紧
重要的是，活着就好

二 爸

父亲四兄妹
有两个弟弟，一个妹妹
我分别称二爸、幺爸和姑姑

二爸李文才，个子小
小眼睛，脸部红里透黑
精明，善于计算，在大盘沟
大小事情他都看得明白
公认的，有点鬼才
不能吃亏，但守本分

小时候，二爸背过我，抱过我
只因我是李家后生的长子
我出生时，二爸还没结婚

我半岁左右患上百日咳病
因父亲远在重庆石油矿上
是二爸和幺爸轮流背着我
去几十里外找白医生求医

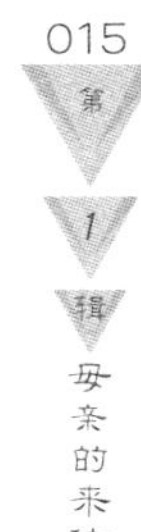

在我儿时的记忆里
二爸总是笑眯眯的
小孩儿一点也不怕他
他会摘果子给我们吃

后来，每次回老家
我都会去看望二爸和幺爸
仅孝敬糖果或几百元而已
二爸总是笑眯眯地看着我
拿出备好的南充金凤白酒
一起喝上几碗
二爸总说，平娃小时候遭过罪
少喝点酒，多吃菜和肉

二爸，侄儿平娃不孝
当年总想着自己奋斗的事情
很少回大盘沟，回来陪你喝酒
即使喝，也没和你一起喝醉过
这就是我的痛，二爸

时光流走了，我依然在这儿

想起你，多想喊一声二爸

今晚陪你，喝家乡的金凤白酒

不醉不归

成都姑娘

从一号桥到九眼桥
乘坐公交车，忘记带零钱
一路上忐忑不安

只见第一排
一个十八九岁的长辫姑娘说：
“上车买票，下车的做好准备”

这声音
就像母亲叫我起床
很纯粹、很有爱

快到站了
我满脸通红地告诉她：
“我忘带钱了”

我没敢看她一眼
只听她说了一声：
“我给你补上，记得下次坐车还给我”

后来，我多少次
去寻找，只可惜
没再见这个长辫子姑娘

后来，没有后来
只有藏在我的心里
这辈子注定欠她两毛

谁叫我那时也是十八九岁
第一次来省城的穷小子
也不懂多看她一眼

在那没有互联网的年代
美的事物，在记忆里
忘不了

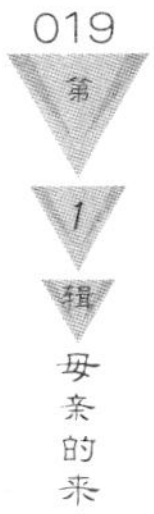

妈妈素描

1

从受苦受难的那一天起
妈妈大半辈子
都是在成就我的世界

小时候，每年的那一天
妈妈给我煮两个鸡蛋
做碗挂面或者添件新衣

长大后，每年的那一天
妈妈也要打个电话
提醒我在外平安

妈妈年年祝我生日快乐
其实，是妈妈在受苦受难
给了我一个新世界

2

在我上学的那一天
妈妈忙着联系学校报名
不论考试的成绩怎样
妈妈总给我鼓励

妈妈越来越老
爱越来越绵长
我的知识越来越多
却离妈妈越来越远

3

开始背井离乡的那一天
妈妈说，出门在外
学会微笑，无论成败
都是妈妈的好孩子
想家了，就回家来

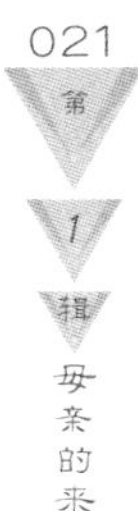

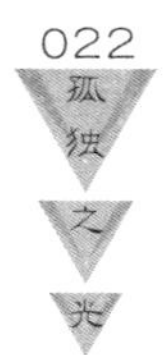

我对妈妈说

我平凡

如果能够自食其力

对别人有点用

也没白活一生

父　亲

1.誓言

十二岁失去父亲，挨过饿
接回已送人的二弟
四兄妹围在母亲身边发誓：
“饿死也要死在一起”

2.吃饱饭

二十岁去当兵
还在长个头
抗美援朝
当上了伙夫

3.当上父亲

二十八岁那年夏天，即将当父亲
探亲假结束，刚回到重庆
二十岁的妻子就发来电报
在“金凤镇医院生下平儿”

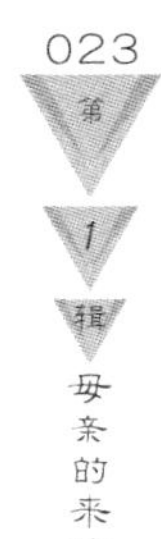

4.书柜

四十八岁那年秋天
平儿通过自学考上大学
什么都不说，找工友定制
送给平儿一个实木书柜

回故乡

又回到我的故乡——漆树湾
一个只有两百来人的小山村
门前那棵老树，被保护起来
我们在老树下望月亮数星星
老树前的老井，摇橹架起来
我们在井边提水，烧饭做菜

荒废多年的责任田和承包地
我们得想想，种粮还是养鱼
山村里，劳动是幸福的事情
在漆树湾亲情就像山间清泉
那故乡小河两边优美的风景
三月桃花开后，又是梨花开

离漆树湾不远，走半小时路
就是金凤镇，居民不满一万
我外婆家的亲人，也在镇上
二表妹开了饭店，生意红火
二兄弟也盖了带铺面的房子
在这里生活，热闹而不喧嚣

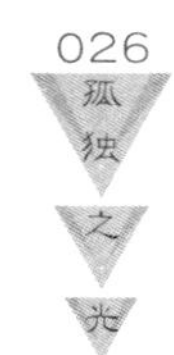

过一种明亮的生活

仰望天空，一片蓝天
脚踏实地，一行足迹
生活的本真是二重唱
行走莫忘昂首阔步
飞翔莫忘低头沉思

过一种明亮的生活
因创造而放弃安乐
过一种可持续生活
工作、阅读和思考人生

明亮是美好的眼睛
生活的乐趣在于
那片海阔天空

净　土

一间小屋，水泥地面
一桌一椅，四面墙壁
一茶一猫，临窗而坐

纵然置身于某个角落
手捧诗书，抵过所有的繁华

雅　乐

浪花朵朵，唱着歌
因为我的心中有个你

晚风习习，催入眠
因为你的梦中有个我

人生匆匆，苦中乐
只因喧嚣的快乐伴失落

毕竟，淡雅是干净的
云水禅心胜过一切物欲

自勉诗

身为律师，认真负责的专业服务
一颗同情的心，如同天上的云朵

空闲时间，读书，写作。偶尔
邀上三五好友，喝茶，聊个天

热爱生活，做自己喜欢的事情
把心安顿好，留一片静谧的天空

第2辑

我把最好的留给你

布鞋的故乡

在我心中闪光

文布村

初秋刚好，新诗集
《喧嚣之敌》《秘密的时辰》首发
提前一天，天杰邀上阿兽和我
带上诗书，自驾来到文布村
感受天杰的家乡之美

喝过井水泡的茶，吃着农家菜
午后时光，登上祖屋后的小山
摘菠萝，参观游家的沉香园
一切都是自然，一切都是美好

文布村，诗意的名字
碧绿的西枝江
宁静的中山古寺
还有一颗诗人之心
在这片土地上，生长滋养
如同祖屋后的百年沉香树
自然越来越沉，越沉越香

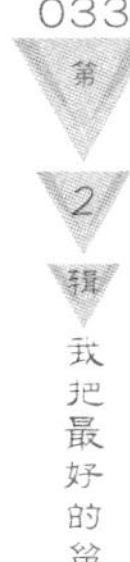

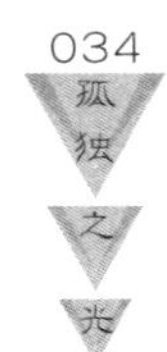

七仙岭

七块石头
一个诗意的名字
种不出粮食的石头
千百年来无人问津

七块石头
一个美丽的传说
酒店密布的度假村
如今成了风景

也许再过千百年
该消失得无影无踪
七块石头还原自己
石器时代的遗址

在潭丰洋湿地

这个上午，春水荡漾
我们行走于潭丰洋上
我们静坐在火山熔岩

思考着水与爱的话题
关切湿地美妙的关系
水漫为洋，水退为田

这个上午，春水映花
我们静坐在火山熔岩
只见水菜花笑而不语

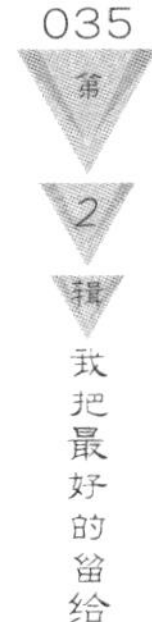

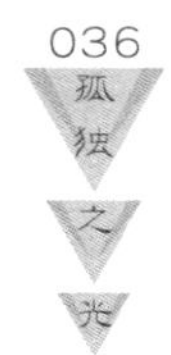

树是我的导师

树根总扎向泥土
叶子总向着阳光
活着有自己的方向

即便有风吹雨打
即使被移向远方
也不改变自己的信仰

真　诚

家里要来客人
先把房间收拾干净
出门会朋友
把自己也收拾整洁

坐下喝杯清茶
先把身边琐事做好
如若读个小诗
找个安静的角落

真诚是动情的
来自充实而丰富的心灵
就像一首优美的诗
而非虚情，或者无病说有病

美

太阳美
照得大地美
一草一木都很美

月亮美
映入水中美
鱼儿人儿都很美

人之美
牵动于生命之间
互帮互助的辉映

美，并不遥远
在某一个危急的时刻
以奋不顾身为荣

唯　一

蓝天碧水，白云悠然
绿水青山，阳光透过
天地万物，各有千秋
世界之美，共享一片天地

我即是你，才在你的荣光里
世界本无唯一，我只属于你

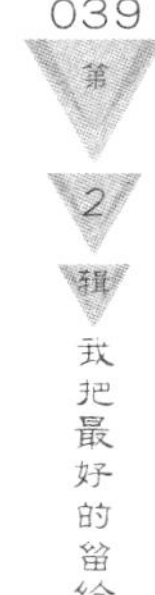

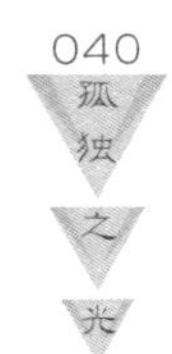

向天空学习

向天空学习
把所有的日子化作云烟

向大地学习
把所有的尘埃化作生机

向大自然学习
把万物的生长化作永恒

心生敬畏，世界
就是那么地自然美

空

天空之空，并非空虚
有日月星辰之起落
有风云天下之交替

思考之洞，并非虚空
有探索发现之孤影
有自由飞翔之美妙

空即美
如生活

野 草

无论你生活在哪里
身居要职，还是普通人
一天24小时，除了睡觉
主要是与自然在一起

美丽的大自然
就是处处有绿水青山
快乐的生活
就是处处可见小花小草

小草，才是这个世界的真相
假如世界没有小草，都是树
就像人人尽是精英，无凡人
还谈什么，绿水青山是家园

小草，守着自己的本分
在高山之巅，在大海之边
遍及世界的各个角落
不争，不抢，不贪

小草不和高贵的花争宠
请你不要叫它杂草或者野草
还是叫小草吧
道一声尊重

其实，这个世界没有野草
我们都是泥土的孩子

过　客

用平常心看世界
我们都是过客
如山川河流终归大海

用平常心过日子
我们都很平凡
人间烟火之后，尘归尘土

生命之美，美在万物有爱
无论是高山上的草木
还是江河湖海的鱼儿

只有大海与高山永存
其实，我们都是过客
无一例外

成都盖碗茶

去四川成都
最好去处是青城山
去青城山，要喝盖碗茶
泡几杯盖碗茶，一人一碗

当习习的凉风吹来
当淅沥的小雨飘落
邀上三五好友一起坐下
泡上成都最佳的盖碗茶

把茶碗、茶盖、茶托洗净
营造一个喝茶的洁净心境
抓取三五克茶叶放进碗里
轻轻倒入刚烧好的开水

不要装得太满，以免被水烫伤了手
二十秒左右，左手端起茶托
右手揭开茶盖，用盖刮开茶渣
一碗茶汤清透自然

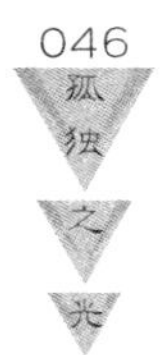

上青城山喝盖碗茶
喝的是一种文化
盖为天，托为地，碗为人
暗含青城山道教圣地的“天地人和”

上青城山喝盖碗茶
喝的是一份诗意
盖碗茶具又称“三才碗”
茶托如船，茶盖如云，茶碗如海

久远的秋意

看不到秋的海南
感受不到秋的温暖
我们赶在中秋之前
去北方，去那辽阔的秋天

住在西域风情的白哈巴
白哈巴的早晨，有云雾霞光
太阳升起，看见被云雾遮挡的雪山
阳光照耀下的村庄，色彩也更明亮
在去往禾木村路上
那晨光，蓝得不要不要的
天空和大地里弥漫着秋千
看禾木村之白桦林的颜色呀
几个地方就有了渐进的对比

秋意渐浓，叶子泛黄带红了
那随手拍的白桦林
那树干带孔的眼睛
那树枝红红的叶子
传递着久远的秋意

我 想

房子不要大，有张书桌就行
情缘不要多，有个人疼就行

家不要太富贵，有温暖就行
诗文不在完美，有灵魂就行

高大上的感觉，不过是天空的
一朵云，一片雪花，一阵风的缩影
低矮的事物，一往情深爱着大地
落叶、小草、花朵，还有树根

生活不在事事如意
有一是一，懂得珍惜
人生不可能处处有风景
得失如水流，不失信心

毕竟，世界是美好的
少一些抱怨，多一点爱
美的世界，属于你

我把最好的留给你

——赠天杰、子璇

在不知道你的日子里
我像一棵树一样
扎根，缓慢生长

在你不知道的地方
我正努力地生活
向上，期许未来

树与树之间的关系
不在地表上，深情于根
把肥沃的土壤给予彼此

这比价值与财富更重要
我把最好的留给你

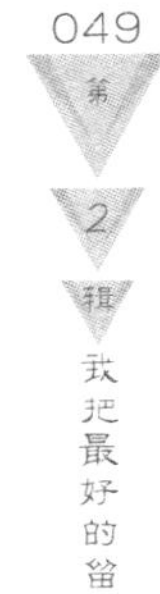

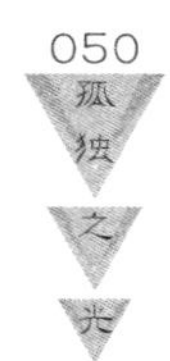

买一辆新车给老婆上班开

立秋刚过两天
离上次来已过三个月
从海口飞深圳，转乘高铁
坐阿杰当天提的新车本田
从惠州南站前去光年文化
秋意已被阿杰的笑容融化

一锅特色土鸡，三位诗友
不谈诗和远方，尽享美味
从选位入座，倒茶，夹菜
一举一动，感受到阿杰对
新婚燕尔的子璇细致呵护

入住酒店后，阿杰夫妇回家
我一个人拥抱惠州西湖的夜景
打开朋友圈，看到一条消息
“买了一辆新车给老婆上班开，
她上班太辛苦了……”

爱，就这么简单
把最好的留给你

惠　州

离深圳北站不远
只坐半个小时的动车抵达惠州
比起深圳的世界之窗
我更爱惠州西湖的天然

一夜之间
仿佛回到千年前
阿樱的《水塔》、天杰的《小镇上》
总有那么些传说中的错过与遗憾

短短两个半天，隔夜迟到了很多年
光年诗友读诗会，游府热闹的姻缘宴
一切都是美好
美好的回忆与遇见

人生太短，尚有诗魂不散
在“六湖九桥十八景”中若隐若现

妈妈的布鞋

再贵重的物品
抵不过妈妈的一双布鞋

布鞋即故乡
在我心中闪亮

心 扉

风再大，吹不走草木之心
雨再大，不过是沧海一粟

树枝断了会重生
小草总有春天来

敞开心扉吧
像河流一样归大海

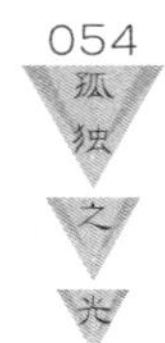

若水之爱

阳光很珍贵
我们的微笑也一样珍贵
雨雪很珍贵
我们的热泪也一样珍贵
空气很珍贵
我们的友谊也一样珍贵

世界上最珍贵的
是你，依然是你
岁岁年年，莫忘
若水之爱

水云天

天空与大海
越近越望不远

高山与大海
越高越懂得低

哦，遥远的大海
高山低头，就是爱

哦，海天一线
水云之间，就是缘

置身世外，云水禅心
万物本无高低与贵贱

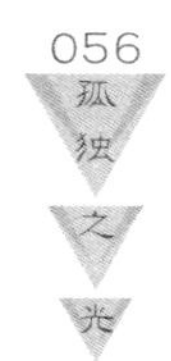

我是你的风景

水说，山
我要去远方
请给我一句祝福语吧

山，什么也不说
在胸前划开一条切口
默默目送水去闯滩觅海

山说，水
我守在故乡不走
你在远方会想我吗

水，什么也不说
轻轻地亲吻着土地
把泪水化成江河归海去

第3辑
因为星星在等待

春天走了会回来
因为种子在等待
月亮走了会回来
因为星星在等待

路

行走于大地
脚下布满荆棘
怀揣生命的光
路，无限美

等

传说中的大海
只有一个心眼
发同一个声音
等……

有人相信
等，很了不起

角落之歌

大海就是大海
从不问你从哪里来
也不打扰你到哪里去

太阳就是太阳
从不改变日出的方向
也不打扰黄昏的风景

小草就是小草
从不后悔当初的选择
也不抱怨角落的寂寞

我就是我
吟唱角落之歌
热爱生命中所有的遇见

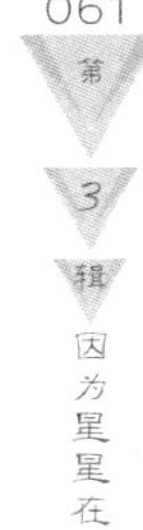

当累了苦了的时候

一杯清茶
一份情调
与香有关

一首小诗
一份情怀
与美有关

心里充满鸟语花香
在天边，在眼前
一片海，一份粗茶淡饭

写给可爱的未来

——赠天杰和子璇国庆节喜得贵子

我们在爱的世界
等待可爱的未来

你如期而来
今天是祖国的生日
今天，诗人妈妈生下了你

年轻的诗人爸爸
感受着游氏族谱
文化传承的美妙

美妙的哭声吵醒世界
和祖国母亲一起共筑美好
愿你生日快乐，岁岁平安

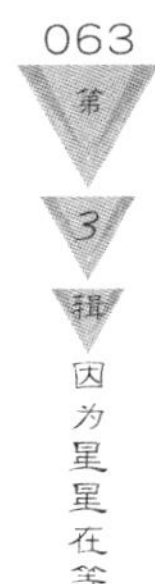

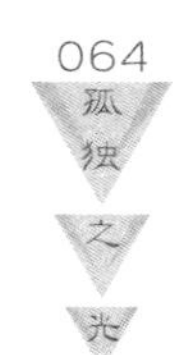

快与慢

什么都想快
唯独，生老病死除外

什么都要慢
唯独，功名富贵除外

快与慢
上演着世间百态

却不知道
最美的快，是匆匆的时光

却不知道
最美的慢，是漫漫的人生

某一天，蓦然发现：
唯有爱和诗，与时间同在

公平的时间

时间如一双眼睛
见证天地间的一切
白天，从东边露出笑脸
夜晚，高高地挂在天边

时间胸怀天下
无论是天上的风雨闪电
还是人间的战争与和平
从不谈爱与恨

时间平易近人
它催勇敢者一起奔跑
它让失败者奋起直追
从不拒绝迟到奋进的人

时间有颗平常心
无论你多么地幸福
还是多么地不幸
从不另眼相待

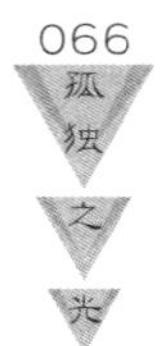

公平的时间，与生俱来
带不走万分之一秒

因　果

世上本无诗
因为美的心灵
世上本无美
因为真的种子

世上本无人
因为石头的开花
世上本无字
因为灵魂的飘零

人间烟火皆是因
有肉体，有灵魂

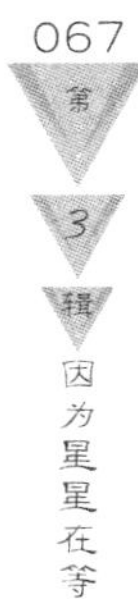

偶　感

放弃也难，难在左顾右盼
坚持也难，难在风云变幻

痴情相对简单
做个一心不二用的人

发　现

飞鸟就是飞鸟
一直展翅飞翔
猫儿就是猫儿
永远天性善良

即便是笼中鸟
也会拍打翅膀飞翔
即便是山野猫
也不会改猫性善良

你是谁，你还是你
谁是谁，谁也不是你
去模仿，不如
去发现自己和未知

理 解

太阳理解黑夜
把光阴送给月亮

河流理解大地
把绿水留在青山

母亲理解孩子
把白发留给自己

是理解
构建了世界之美的源泉

它应该比“付出与爱”
更高，更难，更美

回　来

春天走了会回来
因为种子在等待

月亮走了会回来
因为星星在等待

行走天涯会回来
因为妈妈在等待

有些人和事回不来
便有了残酷与无奈

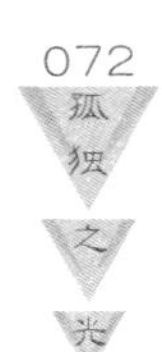

美妙的时间

从不因人而异
只要好好珍惜
它就无怨无悔地爱你

月光下，牵着你
美梦里，枕着你
晨曦中，拥抱你

时间
就是这样
美妙无比

如果你愿意
每天还有太阳和月亮
陪你创造生命的奇迹

悲剧的诞生

水加入盐是咸的
风加入雨是飘荡的

小心
人生太过美好
可能就有悲剧的诞生

盆 景

阳光透过窗户
映照出你幸福的样子
其实是主人感觉的幸福

窗外风雨之后
露出小草幸福的微笑
其实才是你想要的幸福

山水之间

有些事情不能说
比如说山吧，总把
自己看得太重，不把
水放在眼里。直至水历经
万水千山到达海洋世界后
才懂，绿水青山

再比如说水吧，总把
离开看得很淡。不把山
放在心里。直到远离高山
才懂，恩重如山

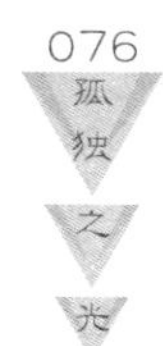

相思的二维码

你在天上微微笑
我在大地苦思畔

你是我喜欢的那朵云
我就是云朵之下的二维码
只等着风雨来冲刷

白天，你是蓝天里最爱笑的那一朵
夜晚，你是藏在月半湾最美的湖泊

我在高高山冈的动感地带种红豆
我在夜夜夜夜的相思之苦流眼泪
只听得风儿带来的凉意
不见下雨的日子
也不见你的影子

我在山冈的动感地带
无论白天放羊还是夜晚
无眠，相思成二维码
只为你打开

相思图里生红豆
便是想念你的二维码

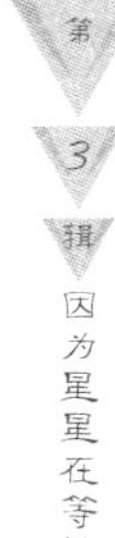

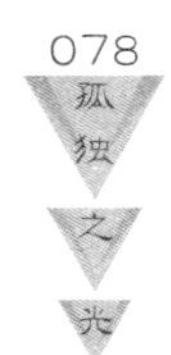

遥远的痛

一个人，站在遗憾之上
喝酒，吃肉，再摇头
发出自己的几声咳嗽

躲在无聊的角落
喝茶，读书，再泪流
写下关于别人的警世恒言

人群中
很多不该遗忘的
早已被遗忘

比如施工工地的事故悲剧
比如贫困山区的留守儿童
比如为了房子苦苦挣扎的人

忧郁的眼神
自命不凡的时刻
离云很近，离草还远

所谓的感悟人生
只不过是
关心自我的精神

所谓不朽的文字
不过是站在别人伤口上
多撒下几把盐，丢下几把刀

这就是曾经的我
像一只狗儿叫了这么些年
叫不醒自己，更叫不醒别人

遗憾，不过是逃避问题的伪装
假装自己很痛
又那么地遥远

但愿从此
多些志向，少些异象
多些真诚，少些遗憾

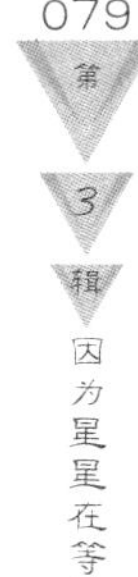

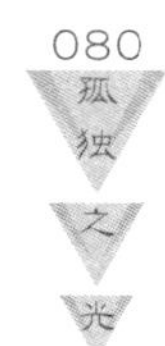

我相信

世界是光明的
黑夜来临，还有月光和星星
世界是有爱的
欺骗发生，还有善良的人们

我相信爱，像
海洋一样宽阔
像高山一样忠诚
像云朵一样温柔

我相信，爱是永恒的
就像日月星辰，发光发亮发热

天下女人都是母亲或姐妹

我爷爷叫她妻
我爸尊称母亲
我敬称她婆婆

我爸叫她老婆
我自己喊妈妈
我孩子称奶奶

除非血亲姻缘
别人就统称她们
“女人”

“这个XX女人”，恶心
这个包含着轻视的称谓
我总会联想到奶奶、母亲和姐妹们

请你不要随意评价一个女人
妓女、泼妇、老女人、丑女人
除非石头剪刀生下的贱男人

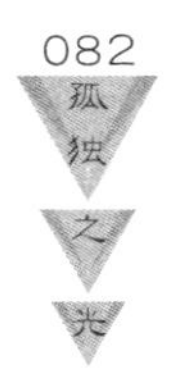

天下女人都是母亲或姐妹

如果没有女人，便没有奇迹

没有生命的长度和宽度

河流的光辉

我的身体里长驻三百六十五条河
每一条河流都有桥，无须架桥
每一条河上都有船，能摆渡人
思想是河的源头
时间是河流的两岸

三百六十五个日日夜夜
三百六十五条河奔流不息
这河里，有我的高低起伏
我的人生轨迹，悲欢历程

我有三百六十五条河
从早到晚，秘而不宣
日出而作，日落而息

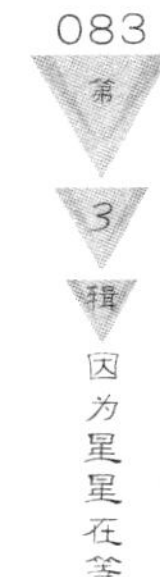

风

生命如歌，我愿是风，吹响号角
吹向河流，集聚在长江和黄河
吹向大海，泛起人生的波澜壮阔
越过高山，来到草原，吹开云朵
让美丽的心情和天空诉说

如果你愿意，我们同唱
这首歌，有来世的情分
这首歌，有归宿的星座
这首歌，有忧伤的旋律
这首歌，有人生的寄托

无论你在生命的哪个角落
都能听到一首风之歌
一首来自生命的赞歌
生命之歌潜藏在每一个角落
我愿是风，吹向你的角落，吹响风之歌

空

在有限的生命里
身外的一切与你无关
很短，又必须有关
比如，山川河流、功名利禄
又比如，你的墓志铭
一切都是空的，除了
付出，让人敬畏

我有一个精神花园

春光烂漫，白天微笑
雪花漫天，黑夜思考

在这个精神花园里
微笑如钥匙，思考如门锁

这微笑，因动情而真诚
这思考，因干净而光亮

懂 你

我相信
天地良心
我相信
人心如水

懂你，无枝可依
无法用语言表达的
懂你，就像天与地
日日夜夜不分离

懂你，真奇妙
就像老天的安排
什么地方蓝天白云
什么时候下雪下雨

懂你，就是奇迹
像心中的那个人
什么地方苦苦等待
什么时候相知相惜

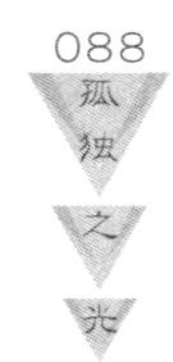

样 子

你看我的样子
是我看见你的样子
你看不见我的样子
是我看见你的样子

在二人世界
只有情人眼里出西施
在无反证的世界
或许要相信眼睛

悠　闲

我想
小我，就是一株草
大我，就是那草原

小小的我和大大的世界
我都要好好地爱
不贪、不夺他之爱

我是墙角的一株草
也会吟着角落之歌
仰望这公平的蓝天

悠闲
就这么简单
与富贵无关

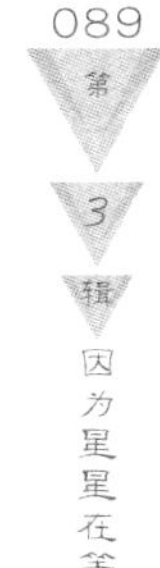

心之一二

用眼睛看
你看见的东西
基本不属于你

用心感受
你心灵的声音
基本属于自己

偌大的世界
喧嚣过后的孤独
才是人生的真谛

孤独的路

太拥堵，怨你
太崎岖，怨你
太平坦，也怨你
谁愿意为你停下脚步

行路人，你知道吗
脚下的路，很孤独

疼爱

每当大风大雨
我都要担心你住的屋子是否坚固

每当出门在外
我都要担心你在路途上是否安全

每当天寒地冻
我都要担心你穿的衣裳是否暖身

其实我们的生活都不容易
疼爱在心里，从没告诉你

自从有了你，这份担心不可或缺
再苦再累，也是那么地美

每个人说话都会不完美

每个人说话都会不完美
从小到大都有自己的毛病
比如过分自夸，或者嘲讽别人

每个人从小到大都有自己的秘密
愿守口如瓶是真
守住不敢说的，或者永远都不能说的

其实，追求完美说话，未必真
毕竟，有些秘密只能藏于心底
语言可以骗人，但心不会

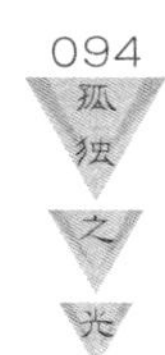

人在旅途，或不得不说的话

农民种地，粮食会说话
学生读书，分数会说话
外出务工，工资会说话
各行各业，业绩会说话

我们都是生命的过客
人在旅途，必须说话
不得不说，包括废话
爱听的和不爱听的话

在有限的生命里，最后
每一个生命，终究都会
不说话，包括心里话
动听的和难过的话

你看那时间的双眼，太阳和星星
告诉我们：生命至上，分秒之间
所有的话里，最难记得的莫过于
梦话，如果带着梦想的话

唯有诗人，灵魂会说话

干净的文字

为了富有
去玩文字不恭的把戏
这样做人做事，还不如
勤劳可爱的小蜜蜂
诚实守信

文字是人类灵魂的星星
文字是人类的精神财富
无敬畏，就会丢失灵魂
毕竟，文字是干净的
字里行间充满着阳光
和公平的时间

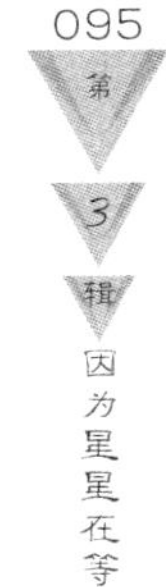

且　慢

遍地都是钞票
停下脚步就飞走了
满天都是浮云
闭上眼睛就梦醒了

钞票是印刷厂的
浮云是大风吹的
毕竟，墓碑深刻不上
唯有时间，处之淡然

蓝天下，有一束光芒
属于你
且慢，且慢
等等灵魂

生命的光

江河之水
不在浪花飞溅的歌声
在于奔流不息的精神

生命之花
不在苟活于世的喧嚣
在于海阔天空的人生

执着于心
绽放生命的光
不以输赢当人生

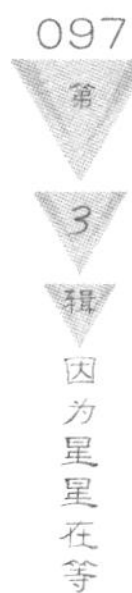

活　着

早上，一杯豆浆或一碗小面
中午，一份青菜加一份蒸蛋
晚餐，一份凉菜加少许油盐
偶尔，也会做一份家乡菜

多给自己留下一些空闲时间
仰望天空，或关注绿水青山
其实，生活就是一日三餐
难在，总是攀比和虚荣，活不明白

父亲的目光

1

父亲，您目光严厉，如黑夜的探灯，如夏天中午的太阳，在我青年之前的幼稚心里光芒四射。

记得我幼年三岁左右，因你探亲回家带上的节俭一年的钱丢了，我歪着小脑袋认真对你说没钱不要吃饭，猛然看见你双眼那束目光让我哇哇大哭。

记得我少年时期，第一次和你单独散步在马路上，随意脚踢路边的石子，被你狠狠教训说走路要好好地走，你双目怒放的光芒令我刻骨铭心。

2

父亲生在暂时贫弱时期的民国年月，小时候挨饿吃苦。

父亲成长在苦难中国转换时期，没有机会读多少书。

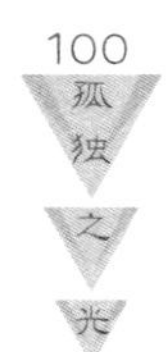

父亲长大后抗美援朝，保家卫国，虽是一名小兵，令你终身荣光。

父亲转业做了新中国的石油工人，为此自豪奉献毕生。

父亲的目光，是人生经历炼成。把慈爱藏在心底，勤勤恳恳做事，堂堂正正做人。

3

父亲，父亲，今天美好的日子，也留不住我已懂你的目光。

每当我回到故乡，安放在金凤小镇上橱柜上方那只白瓷的、装5钱酒的小酒杯，当阳光照进来，闪烁着很美的光。

父亲的目光，吾家的生命之灯。

第4辑

对话猫先生

我 渴 望 自 由

猫 也 是

写诗是件快乐的事情

——和天杰聊诗笔记

生命是奇迹
活着就很了不起

诗意的世界，生活第一
闲来读个小诗，很惬意

写诗是件快乐的事情
阿杰说，吾会意

喧嚣之敌

猫先生说，我讨厌吃猫粮
生活的本意就是抓老鼠

鼠辈们说，我喜欢尘世喧嚣
鼠的乐趣就是躲猫猫

猫先生叹息一声
抓到老鼠的才是好猫

猫先生哲学

人类把我当朋友
我依然做自己的君王

老鼠把我当天敌
我依然选择人类做朋友
可怜兮兮的鼠辈们
最终成了共同讨厌的家伙

感谢人类的技术支持
总在找寻觅鼠小弟的法子

鼠辈难除，岂能罢休？

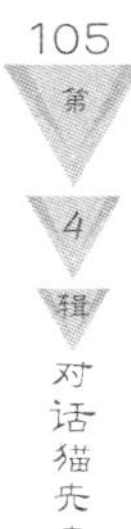

小母猫

邻居养了一只小母猫
穿着花白相间的真皮外套
黄色的瞳孔和脖子上的红色链条
它从不向我靠近半步

它在阳台上晒太阳
偶尔半坐思考
它的眼神让我感到似曾相识
那是对四月微光的向往

猫是我的同类
微微一笑
我渴望自由
猫也是

我和我的猫

我的猫喜欢新鲜柠檬片泡出的水
酸酸甜甜的日子属于我和我的猫

轻轻尝一口这四月的风和水
美好得不可描述

你像极了我的猫
像极了冗长岁月猫的慵懒
我该拿什么感谢你
你给我的不只有漫长岁月里的陪伴

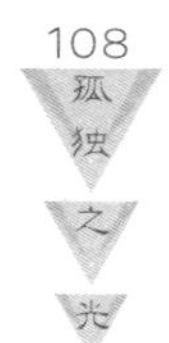

慵懒的猫

慵懒的猫
喜欢金色的阳光
喜欢和阳光嬉戏
我抚摸她身体的时候
温暖而惬意

想出现就出现
想睡就睡一天
跳跃在屋顶的瓦片上时
猫步履轻盈，舞姿优美
有时候蜷缩在沙发角落
像一条鱼一样淡漠

太阳下山了
黑夜成了我的眼睛
猫的瞳孔缩成了一条缝
安静地观察着这个世界

当眼睛里的星辰大海映着黑夜
猫慢慢地闭了眼

爱我的猫

它是袖珍的老虎，是被诅咒的巫师
小小的身躯拥有无限大的能量
它腾空一跃，跳上屋顶
走起路来悄无声息，行动敏捷
轻取老鼠性命

它走到我近前，与我对视
我的内心升起一股寒意
它也蜷缩在我的脚下，带给我温柔
它在我的心里留下一处痕迹

它告诉我雪山崩塌时的声音
又告诉我小草破土的巨响
在我黑暗的身体里，猫是一盏灯
它用自己的方式引领我

我的猫从不讨好别人
就像我不讨好世界
但我知道它爱着我
就像我依然爱着世界

小财猫咪

家里住着一只小财猫咪
雪白的毛发
湖蓝色的眼睛
嗲嗲的声音

她喜欢下楼散步在花丛中
不时嗅嗅花草树木
只为留下自己的味道

我的猫不像狗一般黏人
却在我醒来时
蜷缩在我身旁
她怕水，却在我洗澡时
担心地守候在门外
听着水声喵喵地叫

我的猫日夜陪伴着我
我们共享食物，共赏月色
她就像上帝的使者
带给我欢乐
又给我制造麻烦

我是一只猫

我是一只猫
活着不是为了功名
卧在瓦片房上度过慵懒的午后
看到的是我人畜无害的模样

我是一只猫
每天负责巡视
踮起脚尖在空中划过一道弧线
冲着侵略者亮出自己的利爪

我是一只猫
一只孑孑不独活的猫
我有两个伙伴
我们拉帮结派，我们无恶不作
我们知道活要活得有滋有味

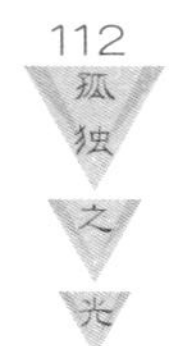

我是你的猫

我为什么变成了
一只白色的猫
穿过塞北的雪原古木滔滔
不去留恋林海滔滔

我为什么变成了
一只黑色的猫
行走在茫茫大漠中
聆听黑夜的寂寥

我为什么变成了
一只黄色的猫
攀上蜀道高耸
却跃不上天庭半点城腰

我为什么变成了
一只蓝色的猫
在海边踱步
听那海风狂啸呼号

不，我不想

我只想是你怀中蜷缩着的

那只猫

想活成一只猫

想活成一只猫
低落时被拥入怀抱
生气时可以张牙舞爪
开心时就摇着尾巴

可我又担心
我的心意无人知晓
我的畏惧被误认为是高傲
徒留孤独伴我终老

或许我更需要
落寞时被人叨扰
哭泣时有人慰告
终究我只是渴望得到关照

忏　悔

我写给父亲母亲的诗
父母在时，我没给他们看过
不是怕写得不好
而是担心一首诗
怎么也报答不了父母恩

如今，当我想父母时
写下思念父母的诗
才发觉
这些诗
真是无病呻吟

清明节扫墓，一把火烧掉了
特向父母跪下，忏悔不已
从今往后，我写诗
再也不犯这样的错误
不是为了流传和虚名

无论写给爱人、亲人、师长、朋友

还是写给未来的自己
我会用真情去表达
如果假写，他们也会识别
每一首写给他们的诗，我用书信寄去

这样的诗不会在书店或图书馆积满灰尘
也不会获得权威的评判与大奖
它们可能会散落在各自的角落
至少在生我养我的祖国大地上
只要我每首诗有一两个读者，就已无憾

想李白了

因为你，想家的人
相信月光里有故乡
因为你，孤独的人
爱上举杯邀朋友

因为你呀
苍天不负岁月
因为你呀
人间忘了忧伤

想李白了，就去旅行吧
乘坐高铁在大地上驰骋
去江油，去成都，去西安
南来北往，再到北上广

一路风尘，读首李白的诗吧
月光下的宝剑，在酒杯里摇晃
让孤独终老照亮文字的天空
我们要把苦难和酒一起饮下

中秋想娘

我想，天上的月亮湾很大吧
驻着万万个母亲
那月光
应该是母亲们温柔的目光

今年的中秋不一样
天上的月亮湾有了我的娘
母亲，我的娘亲
不知你是否把我忘记

跪拜在南海的海口湾
手捧月饼
望月想娘
感受与往年的不一样

平凡的家

太阳之家，很平凡
在浩瀚的宇宙里
日出而作，日落而息

地球之家，很平凡
在无尽的岁月里
万物生死，万物有灵

生命之家，也很平凡
在生命轮回的渡口
生死出入，生生不息

在不平凡的人生中
一切终将回归于平凡
平凡的家，承载着生命之光

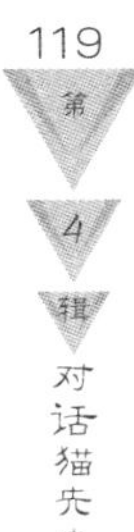

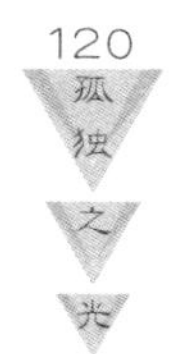

哦，看海

每一次看海
我都要整装出发
生怕辜负那份执着

看海，看
潮起潮落的美妙
有欲望起舞的海花
更有不甘落下的热泪

哦，看海
潮起潮落的真谛
知足常乐

致枫叶

至少，你还能
坚持写点什么
给秋天看看

台风随风起

每一种事物都驻有神秘
包括孤独、愤怒与无助
比如今天的台风“山竹”
自南海袭来
登陆广东阳江

十七级的超级大台风，如同
人愤怒的情绪，爆发性的恐怖
带给人们毁灭性的灾难和不幸
人与台风的生死劫来自神秘海域
除了敬畏，就是智慧的敬畏

男人与女人的悲欢也莫过于此
我想，男人对爱，对母亲，对女人
除了敬畏，就是莫要
惹她生气动怒，免得
后悔莫及

世界杯

世界杯是件诗意的事
从预选赛到决赛
四年，如四行诗
全球各队，最终只有32支球队入围

举办权，如写同题诗
白描手法，争一个
国家的实力与面子
赢得全民同乐的美誉

32支球队代表32个国家
地球人都知道，激情第一
这是欢乐的海洋
东道主
用心良苦讨好全世界球迷

从小组赛、复赛、半决赛
全世界数以亿计的男女
熬夜，啤酒、美人、帅哥
男人，女人，踢球的人

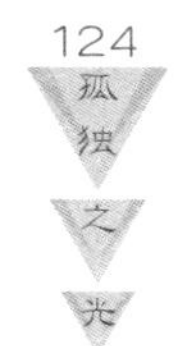

世界杯的诗意不在射门
不是得大力神杯，而在
为什么失去了夺冠的机会
马拉多纳的悲情罚出赛场
巴乔决赛射失那忧郁眼神
C罗、郑大世的泪流满面
都是后来难以释怀的记忆

足球场上，荷尔蒙爆棚的男人
绿茵场上盘带过人，射门得分
或者不得分，让多少男人悔恨

足球场下，有些妙龄女郎在寻找
想象中的意中人
不懂球没关系
只要喜欢征服球的这股劲儿

绿茵场上，一只小小的足球
迷惑过亿万人的眼睛，就连上帝

也曾在世界杯上，为马拉多纳
伸出一只手

生活中，也许我们有高有低
竞争中，也许我们有输有赢
很遗憾的是，人生场的赛事
总是让你永远无法看清真相
而世界杯，可以繁事化简
给予我们，释怀与启迪

输了，四年后从头再来
赢了，四年后也许会输
一场地球人乐意看到的
一场游戏，精彩是过程
输赢又何妨？

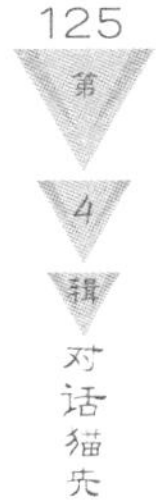

足球的魔法

一只小球
在地球一角，被踢得
不停地旋转，不断地滚动

其实，足球什么都没做
却令人心碎、狂喜
诠释着“无用”的魔法

猫　缘

我和猫之间有一种缘分
却不知道因什么而结缘
猫咪从不考量我的身份
我也不思量它是否名贵

和猫相处也比较默契
刚进家门
猫咪会来蹭我
如果正独坐，也互不打扰

它出门，我为它提供服务
带它去找邻居家的小狗玩要
我不懂它们之间说什么
就像猫咪不懂我说人话

其实，我和猫在一起
是很有必要的，至少
让我明白，生命之旅
如果遇见，都要好好珍惜

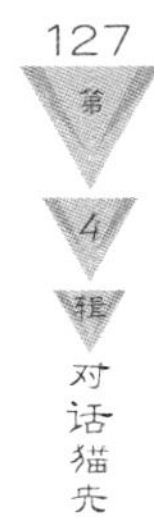

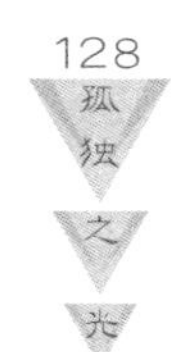

猫咪呀

遇见你
是我的一辈子
遇见我
是你的一下子

在西海岸，高楼拔地而起
听猫母说，这里本是村庄
流浪的人，成为这里的主人
而我们这一代，成为流浪猫

恭喜你
成为这楼上的主人
谢谢你
我和你偶遇在城里

我发誓：这辈子，我陪伴你
流浪的猫咪，早已习惯独立
回家，我会乖乖的
猫咪呀

猫先生

我不孤独，是独立
我在黑夜中寻求希望
不是我喜欢黑暗，除非
人类少占用明媚的阳光

我不孤独，我用猫眼
在暗处看明亮的世界
我的这个秘密，也被
聪明的人类模仿借鉴
安装在酒店的房间门上
以及公共道路、学校影院
可以摄像的“电子眼”
偷窥人类的秘密

我独立，不说空话
我嘴馋，自己用嘴进食
我不孤独，特立独行
不打扰别人，不作践自己
这就是猫性，简单优雅

亲爱的猫先生

每一次遇见
都是你
我做好了粉身碎骨的准备
见，不见，完全取决于你

我是老鼠，你是猫咪
谁信咱俩不是天生一对
“情侣”？
我把我的全部交给你

相信爱，爱就是奇迹
爱上你，不会被抛弃
愿意接受你温柔的目光
愿意接受你尾巴的暗示

我也愿意接受你巨爪的秘密
更愿意倾听你那
喘着呼噜的

“喵”叫声
希望呀，希望你
一口接着一口的亲吻
让我进入你的美嘴里
死而无憾

为什么，你没有对我
动口呀
亲爱的猫先生
我快恨死你了

对话猫先生

猫先生说
大老虎还不如猫咪
除了“横行乡里”的霸道
不懂“道法自然”的奥妙

猫先生说
猫科类动物的唯一出路
必须迈出“野蛮”
跨越到“文明”

这一步，要像猫咪一样
与人为善，与邻为伴
大虎也许还要千百年革命
进化“人面兽心”

猫先生2

猫先生说
有人骂“禽兽不如”
是不尊重动物世界的
历史遗留问题

是到严正声明的时候了
战火中用刀枪棍棒、毒气、大炮
食品中的造假、药品的毒疫苗
包括有些偷税逃税和贪腐问题
以及人与人之间的设套布局
主要是谁干的?

特别严重的是，耗子药
让我的同胞们渐渐失去了
猫的生与乐趣

猫先生说
我们动物世界的事情
并非有的人想象的那样下作

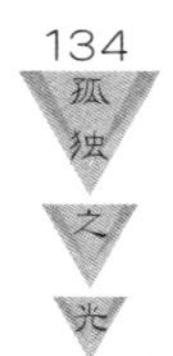

其实，人与动物之间

应该彼此彼此

分享生命的道法自然之美

聪明的猫先生

猫先生问，警察哥哥
如果我是你家的小馋猫
偷吃了阿妈留给你的鱼
当你追捕两个犯错的小孩
归来，舍得打骂我吗？

猫先生说

猫先生说，猫的世界
只需一声“喵……”已足够

人类太无聊，纵有万千语言
也表述不明一个“爱”

不失自我的猫

因为爱（不是爱有错）
因为恨（不是恨有过）
爱恨之间，多少人
成为另一个我

爱人如此，爱名如此
迷恋电脑、手机等身外之物
以及崇拜什么人物
爱之深切，反转又恨之入骨

我家的猫先生
喜欢独坐，偶尔撒撒娇
保持猫的尊严
和孤独

从不迷恋其中
从不失去自我

一行随想录

1

美丽的谎言在拆穿之前，是真理。

2

脚下的小草，总是狂风暴雨的幸存者。

3

黑夜谋划的一切，被黎明破晓。

4

怨恨之心，不可有。

5

想得美，才接近完美。

6

丑到极致，也是独一无二的美。

7

猫咪的好胜心，不玩你到死不罢休。

8

法治的意义，在于温度。

9

迷信权威的人，其实在深渊中。

10

那朵最美的桃花，是血染的风采。

11

小巷即人间烟火。

12

风对云说，别怨我，你委屈的泪水总会有人喜欢。

13

爱有两只眼，一只在天空，一只在心间。

14

心是干净的，所以世界是干净的。

沉睡的女神

你写在天涯海角的“南天一柱”
再无多少人在意，来三亚的游人
是来过冬取暖或寻梦天边的大海

你百年之前“创造”的《女神》
在角落里，安安静静地睡着了
天上街市的星星也睡着了

你从大渡河的沙湾奔涌而来
你的家国情怀寄在乐山大佛脚下
奔流出川，上海，浪迹天涯

你用浪漫之约
感动了补天英雄女娲
给她穿上了《女神》新衣

你以笔为利斧
劈开一个诗国新天地
开拓出中国新诗的新道路

你敞开赤子之心
用柔弱之躯发出时代最强音
把中国青年的“心弦拨动、智光点燃”

那时，你年方二十
为救国而学医
为救国又弃医从文

你献出了《女神》
和鲁迅、胡适他们一起
开启了五四青年的觉醒之路

在抗日救国的烽火里
你用尽生命的枯灯，写下
充满诗意的“科学的春天”

今夜难眠，我在你“天上的街市”里
心念“远远的街灯明了，

好像闪着无数的明星”
今夜无眠，翻开《女神》
在你《星空》的山峦中追寻
向你致敬，郭老

诗之铭2

小草之美，流水知道
大树之美，云烟知道

我也是一棵小草
我写的小诗，美不美
遍及天涯的小草会知道

第5辑

律师笔记系列

法治的意义，在于温度。

致失眠人

我们都太渺小了
在进入黑夜的时空里
选择一张床或者一个角落
安放自己

猫咪们在黑夜里欢快
老鼠们在黑夜里打洞
关于在道法自然的发展中
如何解决白昼的伤口愈合

人类不是黑夜的主宰
除了装睡（黎明之前），又盘算
下一个阴谋诡计
得逞否?

婚　事

对我来说
离婚比结婚还难

结婚，从网上婚介，共三个月
离婚，起诉法院，第一次驳回
再等六个月，才能第二次起诉

大学教育，无婚恋必修课
来到快节奏的社会，渴望有个家
相信婚姻的幸福，全凭他一张嘴
谁叫我已是三十好几的剩女呢？
谁叫我耐不住寂寞
就是这一次，兴奋，不安，怀孕
生下孩子未满周岁
发觉彼此间早已是陌路人
家暴让我住过院
网上约女人
十天半月夜不回家
毒瘾发作，在家里卫生间抓现形

多张信用卡透支
假的文凭学历
原来，我的夫君是一个渣男

对我来说
以离婚换取自由
比假装婚姻幸福更好
毕竟，我
搭错婚姻的纸船
那里度日如年

老张说幸福

老张说，我真是三生有幸
老婆是一个热爱鸟语花香的人
工作在习惯被鸟儿吵醒的地方

刘姨说，我今生真是有福
老公是一个守护万家灯火的人
工作在习惯被点头微笑的地方

每个夜晚
老张有猫儿作陪
把小区和大门守护得安安稳稳

每天清晨
刘姨有鸟儿做伴
把小区和楼道打扫得干干净净

黄昏时分，二人吃过晚饭，冲个凉
小区散步，说说家事
算着远方求学孩子回家的日子

遥远的写信人

——律师办案心得

每一次律师会见
我也许要转告一句话
“你的信已收到，勿念”
这是父母、妻子或者儿女
托付我给他的问候、回复

家书，几乎所有的人
不再用纸和笔写信的时代里
却有特殊的人群，只能用纸笔
写信，于某个角落的xx路xx号寄出
尽是忏悔、疼痛和远方的牵挂和祝福

庄严的审判之前
身为律师，当然会告诉写信人
不能写“罪与罚”的那些事儿
会鼓励写信人多多写信给家人
重建构建一个久违的精神花园

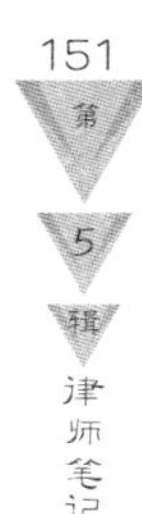

除了家书之外
身为写信人，也有因冤情写信
他们通过邮寄方式走申诉之路
写了一封又一封，一年又一年
最终获得真相大白于天下的欣喜

希望有那么一天，写信
家书就是家书，多么地幸福
有关冤假错案，少之又少
遥远的写信人
写的依然是人间真情在

法治的温度

法治的温度
来自人性的心量
如同月光来自太阳

自首的情节
来自灵魂的救赎
如同日出来自天外

人与人的相处
在于善意
不是高低大小

法律与道德的互补
在于心量
不以报复为目的

其实
在爱情的路上
自首就是成功的秘诀

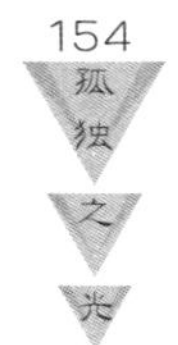

在夫妻恩爱的日子里
坦白从宽，抗拒从严
何尝不是婚姻的乐章

孤独之光
——致敬佟主任及全国未成保律师们

留守的儿童，很孤独
遭家暴的孩子，很孤独
犯了错误的孩子，很孤独

在未成年人保护维权的路上
为了孩子
你也很孤独

孩子的孤独在心灵的深处
有伤痛，有哭泣
更多的是无助

维权律师的孤独在灵魂摆渡
有温度，有坚守
更多的是爱

当你的孤独
遇上我的孤独

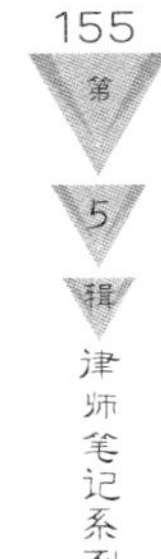

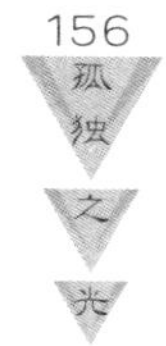

让我们手拉手，心相印

在祖国的土地上
美丽的花朵
一朵都不能少

姐姐，你别哭

姐姐
你别哭，让我来陪你

姐夫说，遇到麻烦事不能解决
你儿说，遇到麻烦事不能处理
电话里，他们都这么告诉我
姐姐，小区物业阿姨说
十多年了，你一个人在家
早中晚，都在小区门口等他们
一天一个馒头一瓶水
就是你的日子
一身衣服
穿上一个季节也都不舍得

姐姐
我从三千里外的家乡赶来
你用奇怪的眼神看着我
问我是不是你的老公
问我是不是你的儿子

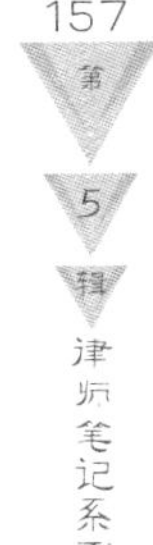

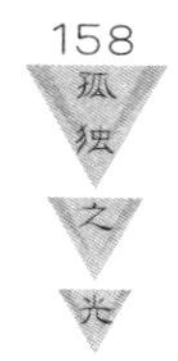

姐姐
实话实说，律师已帮助查明
没良心的姐夫赚钱后有了新家
遭雷劈的儿子跟着有钱的爸爸

可是，姐姐
告诉这真相，你居然不听
还时哭时笑，说着没关系
你要等姐夫和儿子回家

姐姐，你已老去
明天就带你回家
让那别墅、豪车和铺面见鬼去吧
律师说，姐夫早已骗你离了婚
这些东西早已不属于你

姐姐，明早回家去
今后，有我来陪你

关于你的合法权益
已委托律师去处理
关于姐夫及小崽子变坏的问题
有道德纠察队
让他们魂不附体，生不如死

良心去哪儿了

合同早签了
房款已收了
只差过户了
房价翻番了

违约不卖了
因为限购了
打官司赢了
快钱赚够了

良心喂狗了？

今夜无眠

在囚室三年多了
你说，孩子上学该怎么办
一审被判死刑，丈夫被判死缓
你说，父母亲老了怎么办
明天就是二审开庭，一审宣判后
我才懂，什么叫“今夜无眠”

这半年来，每天戴着脚镣睡觉
我才懂，什么叫“生不如死”
上有老下有小
我才三十出头的年纪
我相信这个世界很美好
可之前都不懂去看，去体验
比如，读书、孝敬、劳动、爱心
都被我丢在一边，从十二三岁开始
一门心思逃学，享乐，燃烧自己的青春
最后走上吸毒、贩毒的不归路……

好吧，你是我的律师
相信你的劝告，明天开庭

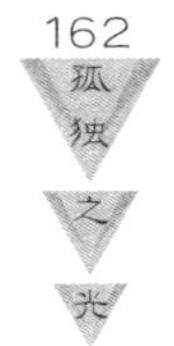

我会将已写好的《忏悔录》
呈交给法庭
让阳光来审视

最后，我只给你留下遗言
毕竟我是人，被人执行死去
我想自然地死去
我也知道，我的罪孽如山重
是不可能的
我对不住这个世界

今夜无眠，也是很美的啊
即便是无眠，也无多日
我已懂

维权故事

1.孩子可以告爸爸吗

“律师叔叔，我可以告我爸爸吗？”

我问道：“为什么要告你爸爸呀？”

孩子说：“因为爸爸不要我和妈妈了……妈妈病了没钱买药，我也没钱上幼儿园了。”

我回答：“孩子，叔叔免费代理你和妈妈去告你爸爸，追讨抚养费。”

孩子望着天空发呆：孩子可以告爸爸吗？

2.我是一个可怜的女人

“律师先生，我是一个可怜的女人。”

我问道：“为什么呢？”

她说：“我们结婚八年了，生了一儿一女，三年前，我因生儿子得上了妇科病，住院期间，他不管我跑路了……娘家人为我治病欠债五万元。”

我说：“我帮你免费维权，你愿意吗？”

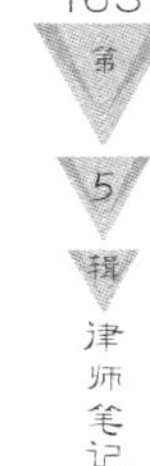

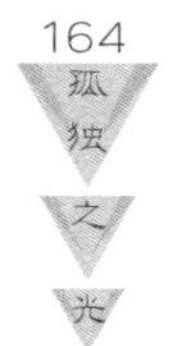

她喃喃低语道："我是一个可怜的女人，我还会有什么权利呢？"

我大声回答："有的！"

此刻，她的脸上露出羞红的微笑，窗外的风雨也停下来了。

3.冲动是魔鬼

"律师先生，谢谢你为一个残疾人辩护！"

我回答："为弱势群体维权，是国家法律赋予的职责。"

他继续忏悔道："我被别人嘲笑，也不应该报复伤人……"

我说："法律的天空，冲动的代价，相信公平的云！"

他庄重地回答："我要吸取教训！"

契约精神

合同不是签着玩的
阳光知道，早晚
白纸黑字会说话

说话不是说说而已
老天有眼，迟早
开口闭口自有安排

违约者，不要脸
透支真善美为代价

离 婚

富人离婚，避谈绯闻
穷人离婚，只谈感情

明星离婚，不谈风月
俗人离婚，只谈过错

该谈的必须得谈
不谈的早有准备

粗暴与正义

如果历史有车轮
碾过印记深刻的
生存与发展
野蛮与文明
粗暴与正义

如果历史有长河
卷起涛声依旧的
孤独与无助
沧桑与无奈
美好与伤悲

当历史的车轮滚滚而来
历史的长河日落日出
自由与和平，又近又远
飞翔的天空有霸权
蓝色的海洋有霸权

所谓霸权
其实，就是野蛮

与文明、人权无关
所谓野蛮，就是出尔反尔
与公平、正义无关

人类的活动不算长，尚在
“文明与野蛮”一步之间
今日之世界，仍充斥着
霸权与出尔反尔的嘴脸
无羞耻之心，无道德之底线

生命至上

黑夜谋划的一切
总是被黎明识破

谋财害命的毒疫苗
包括假药、毒奶粉
总会被正义打败

良知属于人类
如同光明属于世界
永不褪色

爱的使者

我想，爱
应该可以有大小吧

大爱，就像天空和大海
什么都不要，给予我们
什么都不说，包容我们

小爱，就像我和你
时时刻刻牵挂和思念
处处充满关怀和温暖

我想，爱与痛
是并存于心的河流吧
有浪花飞溅，也有碧水云天
生生死死，别离情深

其实，我们都是爱的使者
用爱去感动，去包容
短暂的苦乐人生

庄　严

别拿娱乐博眼球
无良知，再精的演技
也不过是愚人的故事

别拿无耻来说理
无正义，再美的谎言
也不过是骗人的把戏

别拿创业来说事
不守法，再大的业绩
也不过是审判的罪证

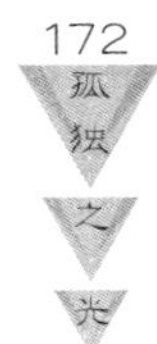

诉衷肠

结婚证早就撕了
婚前的爱情没了
婚后的孩子还小
我好好的人就这样了

我决定起诉离婚
婚前的谎言归他
婚后的孩子归我
我不会放弃我的人生

女人如花
春天还会来吗?

偷与贪的辩证法

偷贪官
小偷比较喜欢
被偷的“被害人”
一般不敢报案

被盗百万千万
报案，还要提心吊胆
拜托小偷，只说偷了几千元

房　子

阿玉说，我要和他离婚
他不同意，只好找律师
阿玉说，我嫁给他25年
他一直是这个工厂的老板
前20年，我为他生了三个娃
做家庭主妇操持家务带孩子
他天天奔忙在厂里，谋发展

他的工厂从七八个人起家
今天全厂上上下下三千人
工厂的利润一年不如一年
去年不到100万，现在又要拿
工厂和家里的房子去抵押贷款
我跟他过，还不如跟着房地产

我前几年拿200万元去海南岛
买了两套房，现在市值3000多万
再干30年，还不如我买的两套房
今天还要我把房子抵押贷款给厂里

你们说说，他干几十年“大老板”
不过是摊子大，员工人数多而已

他和我这个家庭主妇比，为了这个家
谁会赚钱，谁的贡献大？

律师会见

如一群迷途的飞鸟
有一群望天空的人
等着律师的会见

在隔窗相望的小屋
有的忏悔，有的诡辩
甚至于有的委曲求全

每一次会见都会庄重神秘
每个人的诉求也不尽相同
但渴望“自由”除外

会见是揭开伤疤的开始
成功的会见，是心灵对话
失败的会见，如同雾里看花

会见结束之后，被会见的人
将接受庄严的审判，指控与辩护
感受法治的温度与天空的蓝
迷途知返

虚荣遇上偏见

年关将至
律师讲两则小故事
关于虚荣和偏见

案件发生在南海某岛上
她本是一名普通的职员
省吃俭用加父母赞助
买了一辆白色宝马轿车
（还把中外合资的标识去掉）

夏夜九点，她做完美容准备回家
在某停车场，被一歹徒挟持
被迫把车开到荒郊，保住了性命
口袋里不足千元的钱被抢空

他本是一名小学老校长
省吃俭用在老家盖了乡村别墅
周一某个下午，他不在家
两个吸毒仔盯上了村里最豪华的小楼

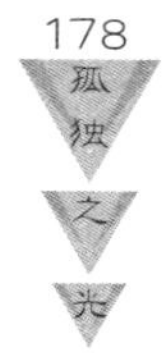

进屋发现，校长的老婆和儿媳在家
两名妇女丧命，仅抢到不足百元

后来，法官问歹徒杀人动机
歹徒们只留下一句大白话
“我以为他（她）很有钱
哪想到是假装，为区区
不足百元千元搭上四条人命
后悔无期，真的不值”

关于老K

婚姻，须持结婚证
枣红色，颁给一对男女
表示夫妻之间的义务和责任

隔壁家的老K，隐瞒已婚
弄本假结婚证，和老处女
Y星，正式举办了一场婚礼
手持红本的Y星，幸福感十足

老K不愧是高人，最近又爱上
B星，如法炮制，还明白告诉B
之前的结婚证是假的，合同无效
B星乐了，夸赞亲爱的K很聪明

老K靠瞒和骗的把戏，苟活了二十余年

好事变坏事，也不是不可能
最近老K买私彩中奖千万
B和Y手持各自的枣红本

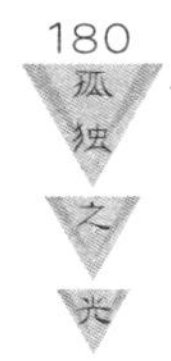

准备闹离婚分割500万
律师说，两人皆是无效婚姻

离奇的故事，还在继续
千里赶来的活寡妇王阿姨，手持
之前和老K在乡政府领的结婚证
正举报老K重婚，赌博，以及
涉嫌偷税……

老K干的这些事情
在光天化日之下
会阴沟翻船吗？

同居者

说是性格不合
和我已同居七年
刚分手三个月后
他与新女友结婚
同居，时间也会老吗？

人生场

告别隐藏的夜色
迎接清晨的阳光

放飞囚笼的小鸟
去那陌生的地方
翻越海拔最高的山脉
探寻未曾到达的海洋

人生一场
谁不希望活得很有希望
谁不向往，在那遥远的地方
遇见一个好姑娘、好情郎

哦，人生场
没有互相替代的人生
确信有许多未曾抵达的角落

口难开

说水不重要的，从不缺水
说健康是福的，必经过伤病

爱着你，因害羞从不挂在嘴边
我的心，却久久地窃喜不已

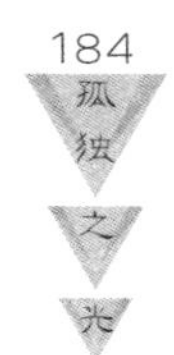

共筑海南律师梦

律师与律师之间的距离
是一件案件的距离
律所与律所之间的距离
是一个字号的距离

都是司法部颁的法律资格证书
都经司法厅、局年检的执业证
关键在于
抓住机遇和勇于挑战

自贸区港的天空是蓝色的
我们的视野也是蓝色的
云朵下的海岸线是蓝色的
我们的律梦也是蓝色的

蓝色的天空，公平的云
正义的使者，坚守的岸

共筑海南律师队伍的发展
共创海南律师事业的春天

吾平诗歌的开阔性与真实性

文 / 吴子璇

我常常思考什么类型的诗歌才是好诗这个问题，读过吾平的诗，突然觉得好诗不必讲究类型。事实上，他从写诗以来，从没有把自己定义为什么类型的诗人。我想，无论什么类型或形式都好，最重要的是诗歌本身有打动人的情感、内涵和气质。

《孤独之光——律师诗集》的出版，对诗人吾平来说是一个具有标志性的事件，标志着他以独特的视角进入他所擅长的人性、自然、情感等诸多主题。吾平写猫，写风景，写情感，写理想，写律师心得，写社会百态，将自己的所见所闻所思所想融化到诗歌里，使诗歌呈现出继往开来的开阔性与脚踏实地的真实性。说这些诗歌具有广阔性，是因为它们包罗万象，雅俗共赏；说这些诗歌具有真实性，是因为它们表达了诗人内

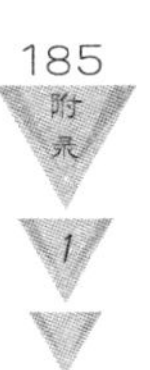

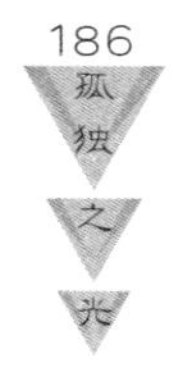

心真实的感受，影射世事，解剖自我。这开阔性与真实性，与吾平的真性情不无关系。吾平是一位骨子里散发着诗意的诗人，所以，他的诗歌能够摈弃那些虚假的抒情，从而达到直抵人心的艺术效果。反复阅读吾平的诗，我看到了文字背后的很多闪光点。

（一）以猫入笔，折射万物

吾平爱猫，写猫，而且写得奇妙、美妙、曼妙，他笔下的猫宛如来自外太空的精灵，丰富而可爱，它像一面镜子，映照着人类的世界。象征是吾平诗歌创作中的主要艺术手法，猫，有时候有叫别的名字，在吾平的诗中，经常会碰见它。如这首《猫先生说》：

猫先生说，猫爱的世界
只需一声“喵……”已足够

人类太无聊，纵有万千语言
也表述不明一个“爱”

全诗简洁明朗，将人类表达爱和猫表达爱进行对比。猫没有语言，表达爱只能通过“喵……”的一声的方式，但对于猫来说，这一种表达爱的方式已经足够。猫不贪婪且容易知足，但人类不一样，人类是贪婪的，正因为这种贪婪，导致爱的变味。爱的表达方式有很多种，却又无法表达出真正的爱。吾平在书写猫时，也是在书写人，书写生命的体会，语言之无力、生命之孤独、情感之复杂、信仰之怀疑……读这样的诗，我们仿佛在反观自身，反观芸芸众生在忙碌的世界里的种种行为。吾平有很多的诗，短短几行，充满理性的力量和情感的光辉。

这种力量和光辉，是其诗歌的出发点和落脚点。他在《猫先生》里这样写猫：

……
猫是我的朋友
也是我的先生
那份孤独自由
那份洁身自爱
那份无名自得

我爱猫，就像
热爱诗歌的
那份无用

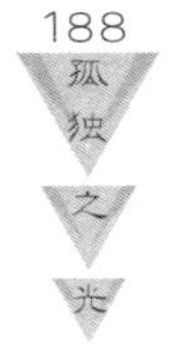

那份纯粹
那份灵性与美好

吾平的诗虽不喜欢张扬，情感内核却是那么有力，只要你在静默时翻开他的诗，那股真实、自然、纯朴和温暖的力量瞬间会将内心的冰冷打破。他的诗是精神的操练，能够改变读者内心的状态。他笔下的猫，有时是自身的写照。他写猫的孤独自由，写猫的洁身自爱，写猫的无名自得，其实都是在写自己的精神世界，对于他的思想和情感，我们通过他笔下的猫可以管窥一豹。吾平作为诗人，他的诗歌不是建立在阅读他人作品的基础上，而是建立在自身生活体验以及个人思想的基础上，因此他的诗有一种真实沉稳的感觉，不以漂亮的字眼来吸引人，却令人读后难忘。

吾平写猫，写得富有哲理，也写得充满趣味，让人在思考的同时忍俊不禁。这基于他有着超越常人的洞察力以及幽默感，常常将“猫”的特点信手拈来。比如这首《亲爱的猫先生》：

每一次遇见
都是你

我做好了粉身碎骨的准备
见，不见，完全取决于你

我是老鼠，你是猫咪
谁信咱俩不是天生一对
“情侣”？
我把我的全部交给你

相信爱，爱就是奇迹
爱上你，不会被抛弃
愿意接受你温柔的目光
愿意接受你尾巴的暗示

我也愿意接受你巨爪的秘密
更愿意倾听你那
喘着呼噜的
“喵”叫声

希望呀，希望你
一口接着一口的亲吻
让我进入你的美嘴里

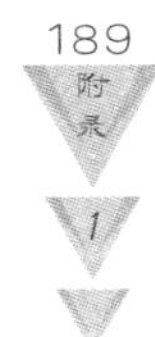

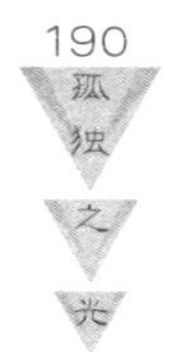

死而无憾

为什么，你没有对我
动口呀
亲爱的猫先生
我快恨死你

多么幽默、动人、充满节奏感的诗啊，把猫的可爱写得惟妙惟肖！吾平把观察“猫”当作一种生活方式，他坚持不懈地领悟生活和人性的种种奥妙，并赋予每一首诗整齐的形式、优美的表达和饱满的哲理，他是一位真正的“猫先生”，用“猫眼”看世界。

（二）心怀诗意，沉淀诗思

吾平用一双睿智的眼睛看世界，他对人、对事、对周围的一切，都怀揣一颗真诚、温暖的心，有着难以言传的爱和持续不断的感情，即使他不写诗，基于他的这些特点，他也已具备诗人的气质，因此他写起诗来，能够用最本真的诗意将人们打动，他的诗歌如清风一般亲切，如泥土那般自然。有一首《路》，写出了行走世间的感想：

行走于大地
脚下布满荆棘
怀揣生命的光
路，无限美

全诗只有二十一个字，“脚下布满荆棘/怀揣生命的光”是对路的一个总体形象的描写，简简单单地把诗人内心的光明磊落写出来了。生活中，我们有很多路要走，有的路坦坦荡荡，有的路崎岖不平，有的路布满荆棘。但每条路都有它存在的意义，都存在着无限的美。

吾平常面带笑容，其人平和善良，他的微信签名“上善若水，道法自然”也印证了我的感觉。与吾平交流过的人，不难发现，他是一个极其认真且细心的人，这种特点让他看起来比他的实际年龄小。对吾平来说，他生活在一个诗意的世界里，在生活里写诗读诗是一件惬意的事。在《写诗是件快乐的事情》里，诗人直陈内心：

生命是奇迹
活着就很了不起

诗意的世界，生活第一

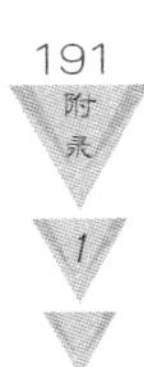

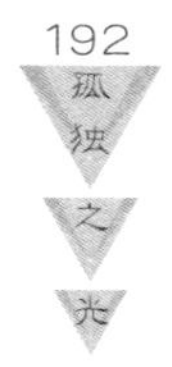

闲来读个小诗，很惬意

写诗是件快乐的事情
阿杰说，吾会意

这首诗的题目“写诗是件快乐的事情”就是想要表达的主旨。吾平觉得自己生活在一个诗意的世界里，在认真地过好每一天的基础上，能够读诗写诗是一件惬意的事。最后一句，有种高山流水遇知音的既视感，“吾会意”三个字，让人感受到他与诗人游天杰之间心灵上的共同领悟，友情的惬意不言而出，读来是那么亲切、真实。吾平并非横空出世的天才诗人，而是一名在岁月的沉淀下逐渐丰富起来的诗人。写诗对他来说是思考人生的好方式。

房子不要大，有张书桌就行
情缘不要多，有个人疼就行

家不要太富贵，有温暖就行
诗文不在完美，有灵魂就行

高大上的感觉，不过是天空的

一朵云，一片雪花，一阵风的缩影
低矮的事物，一往情深爱着大地
落叶、小草、花朵，还有树根

生活不在事事如意
有一是一，懂得珍惜
人生不可能处处有风景
得失如水流，不失信心

毕竟，世界是美好的
少一些抱怨，多一点爱
美的世界，属于你
——《我想》

也许，在吾平看来，腰缠万贯，不如著作等身。吾平追寻的是静默的生活。他的屋中有一个小小的书架。他在里面与世无争地写诗、修养。这是他理想的创作环境，是他理想的生活状态。他以美的眼睛去观察世界，以美的态度去感受生活，他甚至以此自勉，并写下了《自勉诗》：

身为律师，认真负责的专业服务

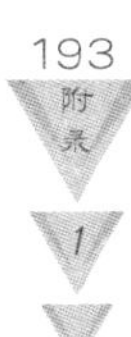

一颗同情的心，如同天上的云朵

空闲时间，读书，写作。偶尔
邀上三五好友，喝茶，聊个天

热爱生活，做自己喜欢的事情
把心安顿好，留一片静谧的天空

这首诗整整齐齐、简简单单，但做到这些并不简单。大抵吾平是一个严于律己的人。他当律师，当得风生水起；他做诗人，做得有滋有味，他在实践中不断实现自己的理想。他认真，热爱生活，好读书交友，希望“把心安顿好，留一片静谧的天空”。他追求一种宁静，也正是这种宁静，让他写下了这么多的诗篇。

（三）视野开阔，入眼即诗

吾平看待整个世界的眼光总是那么美好，他写猫，写得语惊四座；写风景，写得霞光灿烂；写情感，写得深情、富有哲理。吾平一再地说“我们都太渺小了”，需要与大自然亲近。关于西域风情的白哈巴，他是这么写的：

……

白哈巴的早晨，有云雾霞光
太阳升起，看见被云雾遮挡的雪山
阳光照耀下的村庄，色彩也更明亮
在去往禾木村路上
那晨光，蓝得不要不要的
天空和大地里弥漫着秋千
看禾木村之白桦林的颜色呀
几个地方就有了渐进的对比

秋意渐浓，叶子泛黄带红了
那随手拍的白桦林
那树干带孔的眼睛
那树枝红红的叶子
传递着久远的秋意
——《久远的秋意》

诗人的文笔清新自然，简洁真实，让人陶醉其中。整首诗如一幅素净淡雅的画，雪山的白，蓝色的晨光以及白桦林的颜色在这幅画中层层浸染。村庄，村路，天空，大地，在画中灵现。诗歌的画面感极强，和文字表达一样地

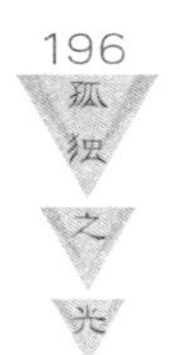

美丽清爽、干净明朗。“秋意渐浓，叶子泛黄带红了”这一句增强阅读画面感，白桦林、树干带孔的眼睛、那树枝红红的叶子，层层递进，渲染出秋意无处不在的感觉，让秋意的层次感更强、更耐人寻味，让人置身其中，成为画中人。

吾平经常到处出差，见过人间许多事，他的视野是非常宽广的。他既能享受白哈巴的西域风情，也能欣赏故乡的水土，甚至能欣赏陌生的他乡，比如《文布村》：

……
喝过井水泡的茶，吃着农家菜
午后时光，登上祖屋后的小山
摘菠萝，参观游家的沉香园
一切都是自然，一切都是美好

文布村，诗意的名字
碧绿的西枝江
宁静的中山古寺
还有一颗诗人之心
在这片土地上，生长滋养
如同祖屋后的百年沉香树

自然越来越沉，越沉越香

这是吾平来到游天杰的故乡文布村写下的诗歌。与两三好友闲谈品茗，有诗，有山，有水，即使朴素无比，但在吾平看来是美好的。**“喝过井水泡的茶，吃着农家菜”**一句饱含惬意闲淡之情，画面清晰自然。仿佛一切都是自然的馈赠，自然的美好、生活的美好随之溢出。文布村，这座有着诗意名字的村庄，滋养着诗意的人。**“还有一颗诗人之心/在这片土地上，生长滋养”**，让人不禁想到“一方水土养育一方人”。是啊，在这个诗意的村庄，诗人在村庄长大，吸取着土地的养分，孕育着诗人之心，一切都是自然的。吾平表达出对有“诗人之心”的人的期许和愿景，愿他如百年沉香树一般，越沉越香。整首诗篇浑然天成，读起来让人愉悦又沉浸在诗意的美和自然的美中。

他来到惠州，这座有着东坡魂的城市让他一见如故，他总说，他与惠州因诗结缘，这是他喜欢的城市。他写《西湖梦东坡》，他是这么写的：

当晚，我做了一个奇特的梦
穿越千年，苏东坡复活了
要我陪他回孤岛海南儋州

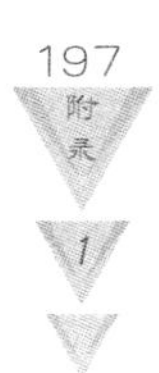

回苏坡书院后，坐船过海去黄州

一路上，我诚惶诚恐
东坡说，阿平你知道吗
写诗是我的业余爱好
为民造福，包括治理西湖
是使命召唤，为官清廉是我的
底线，留给后世“不朽之作”
其实是我人生的真实写照

东坡一生写诗无数，诗作流传千古，他是诗人，也是一位为官清廉的政治家。吾平最喜欢的诗人是苏东坡，他喜欢东坡的饱读诗书、为官清廉、为民造福，他看重的是这铮铮傲骨的东坡魂，其实这些也正是他自己所追求的。功名富贵，与诗无关，是梦里的东坡对诗人所说的话，更是诗人内心深处对自己所说的话，告诫自己写诗不忘初心，不要让诗沾染上世俗所趋的功名富贵。

（四）呈现事实，见微知著

二十多年前，吾平从四川某央企辞职下海，到海南经济特区做执业律师，至今一直身体力行地追逐着自己的律师梦，坚持公平正义、惩恶扬善的基本原则，为百姓特别是弱势群体提供法律帮助与服务。在二十余年的办案过程中，吾平一直心怀感恩与回报之心，相信法治的天空有正义，人间自有真情在。在我看来，吾平是一个真正心怀诗意的人，而不仅是通常意义上的诗人，在他眼中，平淡如水的事物却是有趣动人且不失真实的。

作为一名律师，吾平却与傲慢和雄辩无关，总是给人一种平和的感觉。然而，在这平和之中，他倾注了对生活、对世界的最大限度的爱。他并不钟情于政治，也不关心热门的宏大主题。他专注于日常生活中微小的事物。通过律师事务中遇到的事件，将社会从平庸的抽象中具体地展现出来，这是吾平这本诗集的核心任务。以《婚事》为代表的律师笔记系列，可以说是吾平在诗歌长河上留下的重要脚印。

这首诗写的是一个妇女离婚的感受。吾平勾勒出一个律师视角的人类世界，里面有着危机和伤痛。但读吾平的诗，读者却无须赤裸裸地面对这种危机和伤痛。吾平是一个平和的人，他将诗中的情绪做了很好的处理，使这种伤痛的感觉不至于放任至疯狂的境地。在客观与距离的双重矫正下，这些律师题材的诗歌更多的是事实的呈现，除了上面这首，还有诸如《姐姐，你别哭》《同居者》《今夜

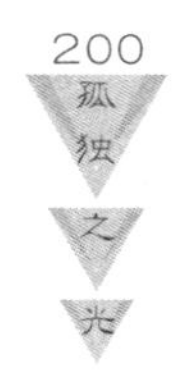

无眠》等诗。吾平甚至是借当事人之口展现事实，这种偏移了诗人视角的诗学主张，在律师题材的书写上开拓出一条绵绵若存的血脉。律师题材的诗歌在这些混杂、交织的情感层次中，显得十分高明。这也源于吾平对存在之多面性的洞悉。不知道为什么，我确信这本书能把身处困境的人拖出那个黑洞，让人感到，原来世界充满了各种不可思议的事情。

作为律师，吾平直面法律的种种优势与弊端，他不惧于将内心的所思所想表达出来，正是这种真诚，使他的诗歌具备了很强的可读性。真诗不可伪造，吾平的诗，有个很大的亮点在于他的直言不讳。他用自己的真诚飨读者，比如《执行难》这首诗，执行难，难在法治的威力尚不够强大，执行难，难在双方存在不对等的可能。在这样的诗歌中，吾平表达出自己的心声，带有一种平权的诉求，带有一种对平等的渴望。对于律师共同遇到的压力，进入写作，只能以个人的形态来展现，在这种情况下，个人心声的实现也就显得更加艰难。

在我看来，诗意是一种向外输出的精神世界的载体，既然是载体，那么抵达它的途径便是多种多样的，无论是当律师惩恶扬善，还是写诗传播语言之美，其实都是抵达诗意的一种形式。吾平一方面致力于维护社会的公平，另一方面通过诗歌完成对内心的抒发和对社会的揭露，这使他的诗充满了力量。对于一个有内在诗性的人来说，言行举止都是诗。诗人在书名同题诗《孤独之光》里，写出了对这个世界的爱和关怀：

留守的儿童，很孤独
遭家暴的孩子，很孤独
犯了错误的孩子，很孤独

在未成年人保护维权的路上
为了孩子
你也很孤独

孩子的孤独在心灵的深处
有伤痛，有哭泣
更多的是无助

维权律师的孤独在灵魂摆渡
有温度，有坚守
更多的是爱

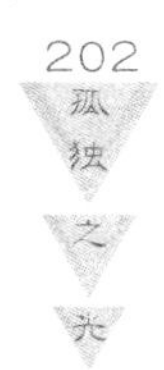

当你的孤独
遇上我的孤独
让我们手拉手，心相印

在祖国的土地上
美丽的花朵
一朵都不能少

孤独常有，但维权律师有的是温度，有的是坚守，有的是无限的爱，维权律师用自己的思想融化了别人的孤独，使祖国美丽的花朵常开不败。这是吾平作为一名律师的坚守，这种坚守使他的诗歌弥漫着一种孤独之光，照耀了读者的内心。

辛波斯卡站在诺贝尔文学奖领奖台上发表演说时，她一直在强调对于世界的“我不知道”的态度：“在诗歌语言中，每一个词语都被权衡，绝无寻常或正常之物。没有一块石头或一朵石头之上的云是寻常的。没有一个白昼或白昼之后的夜晚是寻常的。总之，没有一个存在，没有任何人的存在是寻常的。”

在当下诗歌鱼龙混杂、矫揉造作的情形下，吾平的诗如一股清流洗涤着读者的心灵。对他来说，写诗是一种快乐，写诗是对自我人格的坚守。他借诗歌这一平台，呈现并加深了自己生命的本真状态：平和、快乐而又追求大美的境界。吾平文质与人格的两者合一，是天性自达，非外力影响，甚至与阅读经验也关系甚小，他真正做到了“我手写我心”，而这对一位诗人来说，正是其生命力之所在。

诗坛不乏语言极佳、个性突出的诗人，但具有大情怀、视野开阔的诗人却不多，这便是我尊重吾平先生、喜爱他的诗歌的原因。他以猫入笔，折射万物；他诗人合一，沉淀诗思；他视野开阔，入眼即诗：他用诗歌为我们展现出一个开阔、真实的世界，带给我们久违的感动和深沉的思考。在某一个日子里，读者的内心闪过的一缕光辉和力量，这也许就是吾平诗歌的价值所在。

附录二

对话律师诗人吾平

NO.1 关于诗人吾平

吴子璇：吾平老师，您好！很高兴有这个机会可以采访您。首先祝贺吾平老师的诗集《孤独之光》即将出版发行，能否给我们讲述一下您跟诗歌结缘的故事？

吾平：谢谢，谢谢惠州光年文化公司和游天杰推荐我的诗集《孤独之光》，也谢谢你专为诗集写诗评。

我写诗，是因为其中纯粹的快乐。这快乐像一只猫，即便孤独有时，却也可借独坐思考去发现生活的美和奥秘。爱上诗，是因为相信诗能给人以美好的感受。在辛劳的工作、生活与学习之余，在一首小诗中暂时歇脚，独享一份属于自己的回忆、感动与美好向往。

吴子璇：请问您是从什么时候开始写作的?

吾平：我做律师已20余年。在读法律的学生时代，也曾写过校园诗歌，还曾和几个要好的同学一起办过几期校园小诗刊《足迹》。在改革开放快速发展的1990年代，我通过了全国律师资格考试。1994年，我从四川某央企辞职下海，到海南经济特区做执业律师，至今一直身体力行地追逐着自己的律师梦，坚持公平正义、惩恶扬善的基本原则，为百姓特别是弱势群体提供法律帮助与服务，也先后多次荣全国、省、市等先进个人荣誉称号。

在20余年的办案过程中，我一直心怀感恩与回报之情，相信法治的天空有正义，人间也有真情在。自2012年开始，尤其是近两年来，国内读诗、写诗的人也越来越多，我也算是其中的一员。遇到一些特别或者典型的案件，我会写办案心得体会，偶尔也会写上几句分行。

吴子璇：谈谈您诗歌创作与生活的关系。

吾平：诗与歌来自生活，去发现美就有诗意的生活。

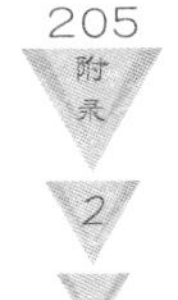

吴子璇：您是一名律师，这么多年的从业经历是否对您的诗歌风格产生影响?

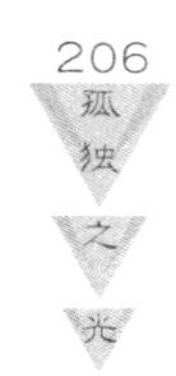

吾平：我做律师20余年，办案逾千件，在律师这个特殊的视角看人生百态，有不一样的感受。最大的体会是：人是法律的主体、主角，从人性的角度来说，法治的意义，在于温度，违法者是人，罪恶、罪过应该受到惩罚，但是，惩罚应该有人性的存在，而不是野蛮地报复了事。

吴子璇：您的诗歌流露出来的真诚和善良打动了我，我也从您的诗歌中读出您的胸怀和智慧。在此，想问问您的人生价值观？

吾平：谢谢你关注我的诗，我应该向你多多学习，特别是你的个人诗集《玫瑰语法》，有真善美的价值，我也非常欣赏。

我的人生观：站在低处，真诚地工作与生活，像大海一样的真诚。

NO.2 关于写作

吴子璇：您的灵感是怎么产生的，一般是来自生活还是阅读？您写诗时的状态一般是怎样的呢？

吾平：你这个提问很有趣。我的生活与阅读在一起，难分难解，生活很广阔，阅读也是我生活的重要组成部分。我想写诗之时，一般是现实生活中有某一个感受或发现，一旦进入思考的状态中，便有了下笔的冲动。

吴子璇：您最近写过一组关于惠州的诗歌，您是因为什么机缘来惠州的，这其中有什么故事吗？

吾平：我与惠州因诗结缘，具体来说，是缘起我的知音诗人游天杰是惠州人，天杰的家乡在惠东、天杰的光年文化公司在惠州市区。我和惠州的故事，我想用这首《文布村》来回答你：

初秋刚好，新诗集
《喧嚣之敌》《秘密的时辰》首发
提前一天，天杰邀上阿兽和我
带上诗书，自驾来到文布村
感受天杰的家乡之美

喝过井水泡的茶，吃着农家菜
午后时光，登上祖屋后的小山
摘菠萝，参观游家的沉香园
一切都是自然，一切都是美好

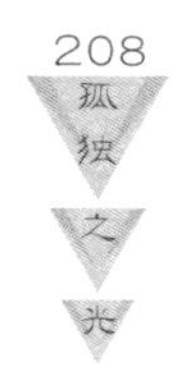

文布村，诗意的名字
碧绿的西枝江
宁静的中山古寺
还有一颗诗人之心
在这片土地上，生长滋养
如同祖屋后的百年沉香树
自然越来越沉，越沉越香

吴子璇： 您最喜欢的作家是谁？能否谈谈？

吾平： 最喜欢苏东坡，他乐观豁达的诗情一直打动着我。现代诗我喜欢“80后”诗人游天杰，他的诗歌新奇多变，不拘泥传统，完全没有新诗的那些套路和痕迹，他的《时光字典》《骰子的秋天》《小镇上》等几本诗集中也有可以回答的文本。

吴子璇： 写诗给您带来最大的影响是什么？

吾平： 简单生活，真诚待人，在写作与思考中发现生活之美、人性之美。

NO.3 关于诗意桃花岛

吴子璇： 2018年8月21日，诗意桃花岛工作室成立了。能否说说创办诗歌工作室的初衷？能否说诗意桃花岛工作室是您一个精神理想的栖居地呢？

吾平： 首先感谢我的好朋友、诗人游天杰，2017年以来，他一直默默地支持我“诗意桃花岛”的创意，包括后来与光年文化公司合作出品“桃花岛诗刊SK”微信公众号，效果不错。今年五月举办的全国性的“四行诗赛”活动，得到了诗友们的认可。今年七月，又面向全国发出了现代诗歌合集《桃花岛诗人诗选》征稿启事，由我和游天杰、程增寿三人一起组成编委会，我和天杰任主编。《桃花岛诗人诗选》是一本由我自主发起、由惠州光年文化发展有限公司和汕头市壹之道文化创意有限公司联合策划出品的现代诗歌合集，拟与长江文艺出版社合作出版发行。“桃花岛诗人”不是一个诗歌流派，它是一个有桃源诗意向往的现代诗歌新平台，一个原创、纯粹、开放、自由的诗歌交流空间。为了让这本合集更丰富、更厚重，现面向全国诗人征集原创诗歌作品。

诗意桃花岛工作室，是我走向诗意的理想王国、秘密花园；同时也将是我与有桃源诗意向往的“桃花岛诗人”

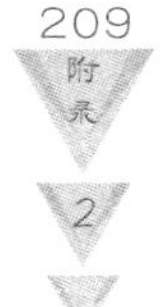

以诗会友的一个创作现代诗歌新平台，一个原创、纯粹、开放、自由的诗歌交流空间。现已非常荣幸地邀请到四位“80”“90后”诗人游天杰、程增寿、吴子璇、张振峰为工作室的顾问。

吴子璇：如今社会风气有些浮躁，关于诗人何为，您怎么看?

吾平：站在诗意的角度来看，社会发展中的浮躁是古往今来皆有的东西，当然需要文化包括诗歌来治愈人们为生活带来的苦和累。我是做律师的，从法治角度来看，人性化的法律制度、从善的道德的力量也将帮助人们回归生活的初心，返璞归真。

吴子璇：您对我们这些年轻作者有什么期待或建议?

吾平：诗之美，美在与童心、天真、青春的完美结合；精神的美妙在于，永远年轻。因诗而结缘，我非常愿跟着你们年轻人一起走，向你们年轻人学习。

最后，非常感谢你代表《光年》诗刊对我的采访。

后　记

这世界，需要有温度的法律和诗歌

文／吾　平

法律如绳索，可以捆绑住身体，却捆绑不住人的欲望。

诗歌有灵魂，虽不可替代现实，却可窥见生命的无限美。

人生之旅，多一点诗意，便少犯错误。

这世界，需要有温度的法律和诗歌。

一、我为什么要写“律师笔记系列”

律师是我的人生梦想，也是我的本分；诗歌是我人生的思考，也是我灵魂的寄托、心灵之歌。我做律师多年，办案数千件，最深刻的是为弱势群体维权。律师之眼看世界，人性的光辉与丑恶；看人生的成败，相信美好在未来。

我尝试以灵魂之诗的方式来记录（这些现实的案例更适合以新闻的形式），是因为我相信：

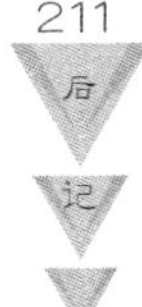

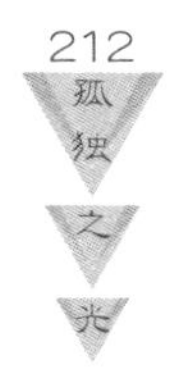

真善美是社会文明进步与唤起人们良知的最美之声。毕竟，文字是万物之灵的人类的活证据。

我这些文字尽量做到真实（包括情感），让现实生活中的与我一样的普通人可以看懂。感谢我的好朋友、诗人游天杰对我写“律师系列”诗歌创作的支持，这也增加了一份我坚持的理由。

也许，我写的律师系列，还不那么诗意和浪漫，但是，我还是会坚持与尝试走这条路，写出心灵的感受，为中国特色的法治建设，增添一份温暖、一份诗意。

二、我的律师我的诗歌梦

1979年，16岁那年，我离开四川南充的故乡金凤镇大盘沟漆树湾，来到位于重庆市的大巴山地区的原石油工业部四川石油管理局川东矿区川东天然气净化厂，当上了一名石油工人。后来自学高中课程，考到重庆上大学。20世纪80年代中期，在读书期间，和几个同学一起办过几期民间诗刊《足迹》。1988年3月至1989年2月，参加学习并结业于鲁迅文学院文学高级班。

后来，为了律师梦，中断诗歌梦，开始准备参加两年一次的律考复习，1992年我通过了全国律师资格考试，时年29岁。记得我从司法局的电话中获知考了267分（通过线为240分），我简直不敢相信，那时，还没有电话或网上查分系统，直到第二天中午我拿到由四川省司法厅盖章的“通过考试”的成绩通知单，才确信梦想成了现实。1992年底至1994年6月，我在重庆某律师事务所做兼职律师，在单位做专职企业法律顾问。每当我看到所里的专职律师手持红色的律师执业证而我作为兼职律师拿的是蓝色的律师执业证并注明“兼职”二字时，心里就很不是滋味。1993年底，我为某石油企业来到海口、琼山，第一次感受到了海南特区到处都充满了生机，从四川来大特区闯海的几位老乡鼓动我说，人生能有几回搏，海南是中国最大的省级经济特区，很需要律师人才。这次海南之行，我成功地为单位追回现款40多万元，临走时，我买了两条555牌香烟，高高兴兴回去。当我向领导提出报销两条香烟时，领导狠狠地批评我说，你作为一名国企干部，怎么能自己抽烟公家报销呢？是啊，领导说得对，这种报销在国企是违纪的，我很羞愧抽出了这张发票。好几天，我在思考一个问题，我要做专职律师还是做国企干部？当年的春节期间，我决定砸掉“金饭碗”，辞职去海南做专职律师。1994年至1997年的头三年，我来海南人生地不熟，没有相对稳定的案源，社交能力不够，业务创收只够个人吃饭。1996年5月年检注册，所里要我补交上年度的办公管理

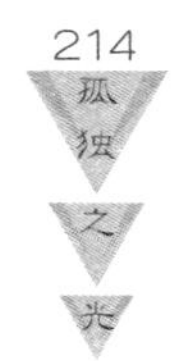

费12000元、年检费用5000元，当时我一两个月没有受理一个案件，身上只有2元7毛钱，怎么办？最后在所里朋友的帮助下，我终于渡过了难关。这是我下海做专职律师头三年的现实，离我的“扶助弱贫、弘扬正义”律师梦好远。后来，随着时间的推移，我的业务一天天好转，有了自己的客户和律师业务收入。我继续做我的律师梦——惩恶扬善，扶助弱贫。2002年以来，曾先后四次获得全国助残先进个人、全国法律援助先进个人、全国保护未成年人特殊贡献律师荣誉称号。

随着我的律师梦在飞，我的诗歌梦又重新开始。特别是近年来，我在思考一个问题，即律师与诗人之间的关系？我以为，中国正处于改革开放的大发展的新时代，这个世界，更需要有温度的法律与诗歌；法律与诗歌可以让世界在公平正义中，充满希望和美好！

是的，人们无论从事什么职业，只要心中有诗意，就会少犯错误，少走弯路。

2019年3月25日 于海口西海岸

图书在版编目（CIP）数据

孤独之光/吾平著. -- 武汉：长江文艺出版社，2019.12

ISBN 978-7-5702-1198-2

Ⅰ.①孤… Ⅱ.①吾… Ⅲ.①诗集－中国－当代 Ⅳ.①I227

中国版本图书馆CIP数据核字（2019）第170930号

责任编辑：胡　璇　　　　责任校对：毛　娟

装帧设计：壹道　　　　责任印制：邱　莉　王光兴

出　版：长江出版传媒　长江文艺出版社

地　址：武汉市雄楚大街268号　　邮　编：430070

发　行：长江文艺出版社

http://www.cjlap.com

印　刷：广州广禾科技股份有限公司

开　本：880毫米×1230毫米　1/32

印　张：7.375　　插　页：4

版　次：2019年12月第1版　2019年12月第1次印刷

行　数：3550行

定　价：39.00元